U0123727

赵殿栋 著

域外漫笔

台海出版社

图书在版编目（CIP）数据

域外漫笔 / 赵殿栋著． -- 北京 ： 台海出版社，
2023.3
ISBN 978-7-5168-3518-0

Ⅰ．①域… Ⅱ．①赵… Ⅲ．①散文集－中国－当代
Ⅳ．① I267

中国国家版本馆 CIP 数据核字（2023）第 048010 号

域外漫笔

著　　者：赵殿栋	

出 版 人：蔡　旭　　　　　　　　封面设计：树上微出版
责任编辑：王　艳

出版发行：台海出版社
地　　址：北京市东城区景山东街 20 号　　邮政编码：100009
电　　话：010-64041652（发行，邮购）
传　　真：010-84045799（总编室）
网　　址：www.taimeng.org.cn/thcbs/default.htm
E - mail：thcbs@126.com

经　　销：全国各地新华书店
印　　刷：湖北金港彩印有限公司
本书如有破损、缺页、装订错误，请与本社联系调换

开　　本：880 毫米 ×1230 毫米　　　　1/32
字　　数：167 千字　　　　　　　印　　张：7.5
版　　次：2023 年 3 月第 1 版　　　印　　次：2023 年 5 月第 1 次印刷
书　　号：ISBN 978-7-5168-3518-0

定　　价：98.00 元

版权所有　翻印必究

域外漫笔

陆以君

赵殿栋，山东省昌邑县人，同济大学管理科学与系统工程专业研究生毕业，获管理学博士学位，教授级高级工程师，享受国务院政府特殊津贴专家，国家"863计划"资源与环境领域主题专家组专家，中国科学院油气资源中心专家组成员。现任中国石油化工集团公司油气勘探领域首席专家、中国地球物理学会副理事长、党委书记。出版有《走上精确勘探道路的实践与探索》《地球物理在油气勘探开发中的作用》《油气地球物理应用文集》《复杂山前地震带勘探技术论文集》等著作。曾先后在渤海湾、塔里木盆地、准噶尔盆地、柴达木盆地及河西走廊等地区从事油气地球物理勘探技术、方法与理论的研究及应用工作40余载。其在渤海湾济阳坳陷参加的高分辨率、高精度地震勘探技术的研究与应用为隐蔽岩性油气藏勘探开发提供了有力的技术支撑，其成果为中国东部油田老区增储稳产奠定了基础，并被《中国地球物理学史》"中国勘探地球物理学的学术创新"章节收录。理工之余，喜历史、古诗词。

献给我的母亲和父亲

牧边人

内容简介

作者以理工生的视角，对工作出访与休假游历当中所遇见的一所大学、一座博物馆、一座教堂、一间咖啡馆、一家餐馆，或者是一洞佛窟等点状景物及其背后所折射出的历史背景、人文习俗等做了简练的剖析与追述，既有古今纵向之比较，也具中外一统之横向对照。

序 言

殷栋和我都是石油物探工作者。石油物探应用地球物理方法和仪器，采集地下信息，用超级计算机处理采集到的海量数据，生成反映地下状况的图像，通过计算机软件系统的解释和识别，给出对地下地质和油气情况的认识，因此，石油物探工作者经常需要踏遍青山，去常人不太去的地方，有时还会经历难以想象的困难。

我与殷栋相识近 30 年，在"全民皆商"的呼声下，我们作为不同单位的负责人，坚持科技合作不动摇；在"我为祖国献石油"的理想指引下，他在西北，我在西南分别为中石化新油气田的发现贡献力量，互相交流共同前进。2007 年 3 月，我们又到了同一单位工作。长期从事油气地球物理勘探的他，野外工作经历丰富，海外工作也有涉及，《域外漫笔》正是他这方面经历的记录，虽然不是技术文件，但是很好地反映了他的心路历程和人生感悟，也记录了石油物探人克服困难、走向世界市场的精神风貌。

由于历史原因，中石化上游产业在与世界接轨方面落后于中石油与中海油，为此，后来中石化加强了国际合作的力度，石油物探公司作为排头兵，站在了前列。因为经过几代人的奋斗，中国的石油物探行业，无论是技术还是装备都达到了世界一流的水平。中石油旗下的东方地球物理公司已是世界最大的地球物理公司之一；中石化的队伍同样装备精良、技术先进。物探队伍走向世界，不是靠廉价，也不是靠劳动

1

力密集，而是靠技术、靠能力、靠水平、靠服务，基于此，方能在世界范围内争得一席之地。开拓市场、加强技术交流和了解最新进展便是做好这方面工作的要务。书中《印度佛教壁画里的光辉》、《东方牛津》和《哈西－迈萨乌德》分别记录了开拓南亚和北非国际市场的成果与欣喜。业内人士都知道，印度和孟加拉国虽然石油工业并不太发达，但因受英国影响颇深，招标文件对技术方面要求颇高，能够在这两个国家分别获得采集和处理、解释的项目，充分反映了对中石化物探队伍的肯定。根据印度同行的提议，我们参观阿旃陀佛教石窟、了解印度古老文明和中印两国佛教文化的渊源，这有助于增强彼此之间的了解。同样，在达卡的考察中，通过交通拥挤状况了解到该国在征地拆迁方面的困难，这对在采集过程中如何更妥善地处理这类问题很有帮助。作为海外施工队伍，需要很强的独立处理事务的能力，对工区所在国、所在地的法律法规、风土人情和宗教习俗等了解得越透彻，处理相关问题才能越得心应手，正所谓"世事洞明皆学问，人情练达即文章"。而在《哈西－迈萨乌德》一文中，我们欣喜地看到在北非，中石化国际勘探公司和国际工程公司双剑合璧、强强联合，在撒哈拉沙漠的边缘小镇上建立起自己的基地。与物探单独进军南亚不同，在这里是多兵种协同作战，是中石化全面开拓国际油气事业的一个缩影。虽然作者充满热情地介绍了基地的概况，但是，这里每年至少有4个月气温持续超过40℃，有时甚至达到50℃，同时此地缺水且频见沙尘暴，大家可以想象这里条件有多么艰苦。在积极开拓海外市场的同时，从业者自身素质的提高也至关重要。作者在英国阿什里奇商学院接受现代企业高级管理培训课程时恰逢

10月1日，学校特地升起了五星红旗，当中国学员身穿正装，走在校园中时，可以想象他们心中有多么自豪。作为技术专家，作者还记录了他参观著名的西方奇科地球物理公司以及在匈牙利及土耳其施工现场了解新方法、新技术的过程。《绿树葱茏中的咖啡馆》生动地描述了在参观中认识的一个热爱中国的匈牙利老人的可爱形象——我们的朋友遍天下。

漫笔记录了作者多姿多彩的海外经历，足迹踏过欧、亚、非、美诸大洲，文字简洁，趣味隽永，从记述的所见所闻，反映出作者的文化底蕴，理工男一样可以写出好文章。读这本书时，正值北京的秋天，收获的季节勿忘耕耘者。为了国家的能源供应和安全，奋斗在世界各地的石油人，祖国和人民会铭记你们所做的贡献。

朱　铉

2020 年 10 月于北京太阳宫

自 序

己亥年末庚子年初，足不出户期间，读书看报、做饭谈天、抚琴喝茶外，又翻阅陈年笔记，于是把其中的部分内容加以整理，因是闲暇品茗之作，故把该集子命名为《下午茶的幽香与绵长》。

翻看陈年日记，忆及自己部分在境外的工作访问、学习培训、休假旅游等生活的片段，回想原来所认识的、走过的、看过的，比如一所大学、一座博物馆、一座教堂、一间酒吧、一家餐馆，突然发现自己对当时的认识与看法是孤立的、单方面的。而当把它们一个个地抽出来，整理的时候却发现，它们之间有着复杂而奇妙的脉络关系。细品之余，从微观到宏观，从一个点的浓缩而折射出自然哲学的范畴。也许应该是这样的，但还是不敢确定。人有人性规律，社会有社会规律，自然有自然规律，然而人的发展离不开社会的发展，而社会的发展应该追求生态上人与自然和谐相处……对于人与社会及自然的关系，自然而然地就让人想到了自然哲学的话题，从而引导和促使人们从各个不同的角度去认识与思考面对的文化现象和整个世界。在这种时候，就越喜欢去关注一些被认为是无用的东西，如哲学、信仰、音乐、生命等一些形而上学的东西。本书中所谈到的一些地方、场景，都是我当时深有感触的。当初主要是想把自己去过的、印象比较深刻的地方，用散记或漫笔的形式，用一个简单的章节来做一下回顾与描述。这既是一个学习、总结、提高的过程，也是对每一件事物的认识提升的过程。

著名文字史学者、中国艺术研究院博士生导师陆明君研究员拨冗阅文，提出书之原题目不易为读者知悉书中之内容，乃用《域外漫笔》易之，并为拙著题签；勘探地球物理学家及石油地质学家朱铉先生欣然赐序；许建国先生对照片和文字进行了整理；周彤先生提供了许多信息让我在写作过程中参考和佐证，在此对几位先生的用心深表谢忱。钱新英女士作为第一读者提出的中肯意见，让我感受到了妻子的视角和家庭的温暖。书中参考征引书目列于附录，极少内容参考于媒体，因文章众多，不一一列出，在此一并表示谢意。图片除标注原作者之外，皆为笔者拍摄。

赵殿栋

2020 年 3 月于京城听雪斋

听雪斋

Contents
目 录

绿树葱茏中的咖啡馆.................................... 1

墨西哥人类学博物馆.................................... 4

美国 I-35 公路上的花岗岩碑.......................... 9

西奥多休斯方尖碑.................................... 16

菊富士.. 22

阿布扎比大清真寺.................................... 28

圣家族大教堂.. 34

卡斯巴哈古城.. 41

狄更斯酒吧.. 45

秋色中的阿什里奇.................................... 50

海格特墓园中的马克思................................ 55

牛津——英伦雅典.................................... 59

航行在英吉利海峡.................................... 65

城堡中的王后——利兹................................ 69

凄婉风笛声中的爱丁堡城堡............................ 74

洛蒙德湖.. 78

丹麦美人鱼.. 83

少女塔..89

瑰丽苍凉的苏格兰高地........................94

莎士比亚故居..................................100

展示生命的石头雕塑..........................104

库姆堡——见证英国乡村的美丽..............108

卑尔根鱼市....................................112

冰雪中的苏兹达尔.............................117

从阿克莫拉到阿斯塔纳再到努尔苏丹..........122

海滨大道上，感受孟买........................127

哈西—迈萨乌德...............................131

托尔斯泰庄园..................................139

三味线..145

八女茶..149

东方牛津......................................155

铁壶的枯寂与茶道的温婉......................159

德黑兰大学矗立的菲尔多西雕像...............164

的的喀喀湖....................................169

在伊思法罕尼亚家做客........................175

三十三孔桥....................................179

莫斯科罗蒙诺索夫国立大学....................182

墨西哥国立自治大学............................ 186

柏林墙.. 192

俄克拉何马城爆炸案纪念公园.................... 195

厄瓜多尔赤道纪念碑............................ 201

印度佛教壁画里的光辉.......................... 207

附　录　参考征引书目.......................... 215

后　记.. 219

绿树葱茏中的咖啡馆

2010 年 10 月，我应西方地球物理公司邀请到匈牙利野外地震勘探现场，就无线遥测节点地震仪的施工作业情况和实施效果进行学习与调研。项目结束以后回到匈牙利的首都布达佩斯准备启程回国，在布达佩斯逗留的很短的时间里，瓦尔加先生陪同我们大致浏览了一下市容后，我们又在去机场之前到一家咖啡馆稍做休息。

瓦尔加先生 20 世纪 60 年代初毕业于布达佩斯科维纳斯大学中文系。科维纳斯大学位于匈牙利的首都布达佩斯，其前身为匈牙利皇家大学。瓦尔加先生，看上去六十几岁的样子，身材魁梧，花白的头发，典型的匈牙利人的形象。他中文讲得不是很流利，吐字也不是很清楚，语速也比较慢。他讲 50 多年前，匈牙利和中国关系非常友好，自己在大学选择读中文系，想以后从事匈中友好交流工作。不幸的是大学毕业以后，国际形势发生了变化，他的发展方向也受到了影响，他的中文学习也受到了限制。但即使是这样，这么多年以来，他还一直坚持学习中文，由于当时还没有匈汉字典，所以他就借助德汉字典来坚持学习并始终坚持。尽管他的中文讲得不是很好，但是能够在一个陌生的国度，遇到有这样中文素养的人，已经是非常不错的了。他对我们说，近年来中国和匈牙利的交流开始多起来了，所以他就开始在旅行社、出版社做一些工作，但是很遗憾，他一直没有去过中国。他对中国非常向往，他的理想、他要实现的目标之一，就是有一天能够到中国去旅行、学习，近距离地接触中国人，亲眼看看中国的灿烂文化，感受中国悠久的历史。从他的话语及期待的眼神中，我能感受到对从青年时代就立志学习中文的人来讲，内心的渴望、痛苦和难以言状的内心深处的不幸与期待，我也对此抱有深深的同情。他带领我们去的那个咖啡馆叫什么名字，我已记不清了，好像是在议会大厦后面的一条树木葱茏的街道上。咖啡馆的店面不是很大，大概有四五张桌子的样子，一个吧台，吧台后面是各式各样的酒。我们在一张餐桌前坐定，瓦尔加先生给我们点了著名的匈牙利牛肉汤（英文：goulash soup，匈牙利文：gulyásleves），还有几份小菜及面包、烤肠等。匈牙利牛肉汤在欧洲有很高的知名度，其主要成分包括牛肉、土豆、洋葱等材料。

独立法律论坛铭牌

在墙上，挂有一块铜质的铭牌，瓦尔加先生给我们介绍了这个铜牌的来历及其上世纪八十年代末东欧剧变和匈牙利政局风云变幻背后的故事。

回想起来还有这么一个小插曲，在来咖啡馆的路上，当我们走过议会大厦宪法广场上的政府大楼的时候，瓦尔加先生凑近我的耳边，很认真地问我："赵先生，你们中国有吃饱了饭不干活的大懒虫吗？"我对他突然提的这一问题一时没有反应过来，便抬头看着他，没有马上回答。他用手指了指政府大楼的总理办公室说："我们国家有，就在这个楼里。"瓦尔加先生指的是匈牙利当时的总理，可以看到匈牙利知识分子对当时政府的期待与不满。白驹过隙，日月如梭，匈牙利人的精神世界里，维护着他们内心的平静、矜持与尊严。美丽的匈牙利、美丽的布达佩斯、美丽的多瑙河缓缓流过美丽的群峰，黛色的山峰映照着河水中的一片深蓝，辽阔而恬静。

　　屈指算来，与瓦尔加先生分别已经十多年了，也不知道他来过中国没有，他现在还在使用那本德汉词典学习中文吗？曾几何时，我一直想，回北京买一本匈牙利文和中文的词典给他寄过去，在写这篇文章的时候，翻看我当年的日记，找寻他的名片，但是无果，这件事情就成为我心里的一个遗憾。假如他来到中国、来到北京，我们有机会在老北京的胡同里一起茶叙，那该多么美好啊！

写于 2019 年 7 月 8 日

修改于 2023 年 4 月 16 日

墨西哥人类学博物馆

　　2015 年 11 月 23 日至 27 日，我与三位同行出访墨西哥国家石油公司（PEMEX），进行质量回访、市场开发及调研工作。我们乘坐美联航的飞机由北京首都国际机场出发，在美墨交界的城市蒂华纳入境转乘墨西哥国家航空公司航班飞往墨西哥湾畔的美丽城市坦皮科，分别会见中国石化和墨西哥石油公司的合资公司管理层和中国石化国际石油工程公司墨西哥子公司王希贤总经理等。第二天代表团一行从坦皮科出发，飞行 3 个小时到达墨西哥南部城市比亚埃尔莫萨，于当天下午会见了墨西哥国家石油公司物探部总经理马可·瓦茨奎兹先生，就地球物理新技术的推广应用、如何有效地解决实际问题等进行了热烈的讨论，然后又乘机到墨西哥首都墨西哥城。第三天，代表团在墨西哥城 PEMEX 总部大楼拜访了墨西哥国家石油公司勘探部总经理安东尼奥·斯卡莱拉先生，墨西哥国家石油公司物探部经理玛卡·华斯基斯先生也参加了这次会见与座谈。短短的几天时间里，我们一行马不停蹄地分别与勘探部、生产部、物探部的同行和专家进行了交流与座谈，取得了预期的成果。回程的航班是在晚上，我们就利用这段时间去参观了墨西哥人类学博物馆和墨西哥国立自治大学。

　　墨西哥人类学博物馆是拉丁美洲最大最著名的博物馆之一，它的建立始于"太阳历石"的发现与保存。"太阳历石"是阿兹特克人的崇拜物，是墨西哥人类学博物馆的镇馆之宝。

1520 年西班牙人在蹂躏阿兹特克首都时，将此崇拜物埋于地下，直到 1790 年，太阳历石才被发现。人们把它从地下挖掘出

具有现代建筑风范的墨西哥人类学博物馆大门

来，当作珍贵的历史文化遗产加以保存和研究，墨西哥博物馆的活动由此展开。1865 年，在法国拿破仑三世的援助下，统治墨西哥的马克西米里安·约瑟夫皇帝指定摩涅达大道上与今日国家宫殿北侧相对的建筑物为国立博物馆。第二次世界大战以后，随着藏品的不断丰富，原有的旧馆已经不能满足储存藏品的需要，于是在罗培斯·马特奥斯任墨西哥总统时，设计建造了新的人类学博物馆，于 1964 年 9 月落成开放。博物馆的建筑将印第安传统风格与现代艺术融于一体，充分表现出墨西哥人民深厚的文化内涵，其石质外壁上雕刻的繁复图案源于印第安文明，而整体设计则是墨西哥现代建筑的典范之作。博物馆的基本结构类似北京的四合院，东西略长，南北较短。大门口的墙壁以雕有各种图案及人像的巨石砌成。博物馆门口有一座用整块大石雕成的"雨神"，高 8.5 米，重 168 吨，院内还立有一根图腾大铜柱，柱上有一个巨大蘑菇顶，顶上蓄水，向四周喷洒，像一个"雨泉"，寓意古代墨西哥人渴望水和水在推动墨西哥文化中的作用。

整个博物馆本身就是一件杰出的艺术品，以体现其特质

5

的建筑风格和表现古印第安文明的展品而成为墨西哥城的主要文化地标之一。尽管是20世纪60年代设计的建筑，但是我们今天站在它的面前，还是觉得它非常的时尚、现代。

吸引着大批游客的太阳历石

我们进入中央大厅的中央庭院，这里宽阔而透明，三面都是展馆，分为上下两层。第一层是展示古代文化遗产的12个展厅，系统展示着墨西哥印第安文化的起源以及4000多年的发展史，还有欧洲殖民者来此之前，各个民族居民的生活习俗以及考古发现的27，000多件文物等。二层一共是10个陈列室，主要展出印第安人的服饰、房屋、生活用具、生活方式，以及宗教、乐器、武器等。表现了作为玛雅和阿兹特克的后裔而生存下来的印第安人的生活，虽然他们在墨西哥沙漠地带或原始森林中过着艰难的日子，但还保持着自己的民族特色。展品色调鲜艳，丰富多彩，给人以深刻印象。据说目前，在墨西哥居民中约有700万印第安人，分属82个不同部族，使用56种语言。

另外博物馆内还有关于人类学的一些概述，包括达·芬奇的理论、史前时代和美洲大陆原始状态及进化等内容的一些介绍。谈到人类学，其实这方面我思考得不多，甚至可以说就没有思考过。看到现在墨西哥及其社会形态和社会制度，实际上其原始文化的存在感是比较低的。我不禁感叹有的时候有的地域人类无法挽救自己的命运，也可能文化在历史的长河当中自有兴盛和衰落的时候。但是我想我们也不必太伤心，整个历史的进步就是社会发展螺旋上升的一个过程，每一种文化都是平等的、都是应该被尊重的，也都是值得被记录下来的。在这个地方，你可以看出或感觉到他们对英雄的崇拜并不突出，因为展出的都是百姓的日常生活、婚丧嫁娶等，自然这些细节更能体现当时的文化、当地的生活特征。一些大人物、大历史确实是文明重要的组成部分，而普通人的生活也是文明的拼图中不可或缺的一部分。

2018 年 12 月我在参加中国地球物理学会一个青年人才托举工程会议的时候，参观了山东大学的考古博物馆，其展品主题已经开始向这一方面靠近，感觉还是非常丰富以及有人情味的，也体现了山东大学考古学专业的历史地位和以杰出教授刘敦愿、蔡凤书等为首的著名考古学专家对考古学的传承。有一个很有趣的故事就是刘敦愿、蔡凤书先生以清代画家高凤翰一幅画作的摹本为线索，组织考古团队前往山东胶县调查，发现了三里河遗址以及后来又陆续发现龙山文化遗址、大汶口文化遗址（曾经轰动了国内外），而这些遗址的发现主要是以文化、生活、自然为特征。他们运用实地考察的手段比较研究一个民族、一个地域的文化变迁和社会发展，涵盖了民族学、民俗学、考古学、语言学、地质学等，这些应该都属于人类学的范畴。"人类学之父"英国人泰勒，最早把"文化"作为专门术语来使用。他在人类文化研究开山之作《原始文化》一书中，首先将"文化"定义为："文化是一个复杂的总体，包括知识、信仰、艺术、道德、法律、风俗以及人类在社会里所得的一切能力和习惯。"

玛雅文明是曾存在长达 18 个世纪的中美洲文明，在很多的社会文化领域创造了辉煌的成就，其创造的象形文字是在前哥伦布美洲时代得到充分发展的少数文字系统之一，玛雅人还在生态学、建筑、天文学、数学、农业、艺术等方面都有着极高的成就。墨西哥人类学博物馆以它独特的富有魅力的藏品在世界博物馆界独树一帜。它的藏品反映了墨西哥乃至整个美洲早期文明的进程，向世界人民展示了美洲人民辉煌的历史。参观了这一著名的博物馆后，我在惊叹古代美洲人卓越成就的同时，也抛却了长期形成的历史偏见。印第安人并非如西班牙入侵者所描绘的那样是野蛮、未开化的民族，相反，他们是一个曾经辉煌一时的民族，他们对世界文明的发展起到了重要的推动作用。但玛雅人为何在如此兴盛之后，在很短的时间内迅速衰败？原因众说纷纭，至今仍是不解之谜，值得我们去探究。

写于 2019 年 6 月 29 日

美国 I-35 公路上的花岗岩碑

美国俄克拉何马州阿德莫附近的 I-35 公路上立有一块褚红色的花岗岩石碑，是地质学家的旅游景点，也用来纪念 1921 年 7 月 4 日到 8 月 9 日的反射波地震技术试验，它对地质学家和油气地球物理工程师来讲是一个重要的标志和历史记忆。2019 年 11 月 20 日至 25 日，我赴美参加俄克拉何马大学（O.U.）学术会议，其间曾来到这里参观。

美国阿拉巴马大学（UA）- 俄克拉何马大学（O.U.）地震属性处理解释项目组（以下简称 AASPI）由著名地震属性专家科特（Kurt J.Marfurt）教授创办，是国际顶尖的油气地球物理研究团队。该团队一直致力于地震信号处理与属性分析前瞻性算法研究，研发并拥有完全知识产权的大型地震数据处理与属性研究性软件平台 AASPI。项目组组长科特教授是国际顶尖地震属性专家，曾在壳牌（Shell）等石油公司工作近 40 年，于 2006 年创办 AASPI。现为俄克拉何马大学冠名教授，国际勘探地球物理学家学会（SEG）终身名誉会员，杰出讲师，并于 2018 年全球巡讲（SEG 最高荣誉）。项目组目前与埃克森美孚公司（Exxon）、雪佛龙（Chevron）、壳牌、英国石油公司（BP）、康菲石油公司（ConocoPhillips）、斯伦贝谢（Schlumberger）等 30 家大型油气公司及研究机构合作。AASPI 项目涵盖了目前所有的地震属性算法的研究，将大数据及人工智能等新技术方法引入地震数据处理与属性分析，已成功研发了相关新算法，对于多属性解释的多解性问题也有

褚红色花岗岩纪念碑

更为深刻的认识及解决技术。这些特点都与我们的技术需求相契合，正是基于这一点我来参加了这个研讨会。

由俄克拉何马城到阿巴克尔山脉的测试点，沿着 I-35 号公路大约行驶一个小时就能抵达。这个测试点有一块纪念碑，位于山坡的隆起带上，由俄克拉何马历史遗产学会和堪萨斯油气学会 1983 年共同设立。在位于阿德莫尔东北部的这块花岗岩纪念碑上写道："这种地球物理方法记录了地震波在地球上传播、帮助人们寻找含油地层的过程。"地震技术是在第一次世界大战期间为定位敌方大炮而发展起来的，但毋庸置疑的是俄克拉何马州是石油勘探反射地震技术的诞生地。地震波勘探是一项至关重要的地球科学技术 —— 反射地震学，它在 20 世纪 20 年代首先使石油勘探发生了革命性变化，地震波导致了世界范围内大部分油田的发现和数十亿桶的石油产出。科学家们选择俄克拉何马的阿巴克尔山脉来测试这

项新技术 —— 地震测量，是因为从二叠纪基底到花岗岩基底的整个地质剖面都暴露出来了，从而可以较容易地对这项技术进行验证。碑文上就这段历史解释说，有限的测试之前是1921年6月在俄克拉何马城的郊区进行的（SEG 于1971年测试50周年时也立有一块花岗岩纪念碑），验证和确认测试是在1921年7月4日开始的，是由卡切尔（Karcher）和他的同事俄克拉何马大学教授威廉·哈斯曼（William Haseman）和大卫·霍恩（David Ohern），以及康奈尔（Cornell）大学的欧文·珀赖恩（Irving Perrine）进行的，他们都是1917年在塔尔萨成立的美国石油地质学家协会（AAPG）的早期会员。卡切尔博士在一个农场长大，1916年获得了俄克拉何马大学的电气工程和物理学学位。他从俄克拉何马大学毕业以后，又以全班最好的成绩到宾夕法尼亚大学读研究生，在这期间他也有幸在纽约的爱迪生研究所实习了一段时间，使他迸发了创造的热情并立志要当一个发明家。他早期对地震技术的实地测试证实了俄克拉何马山脉的缩小。他领导的开拓性研究，在俄克拉何马城和阿巴克尔山脉附近的这次实验中测量到了世界上第一个反射地震仪的地质剖面，剖面是沿着多尔蒂以北几英里（1英里≈1.61千米）处的葡萄藤沟分支测得的，时间在1921年8月9日。

  I-35公路上的纪念碑就是为了纪念1921年的这一次测试而设立的。当时的情况是，这几位科学家在俄克拉何马城一位石油商的资助下，成立了地质工程公司。实验结果表明，他们的地震仪能够揭示地下储油结构。碑文记载："反射技术已经成为全世界能源勘探的主要方法。到1983年，在112个国家的勘探地球物理学家协会的18,600名成员中，超过

70% 的人参与了反思与实践。"地震技术首次帮助发现石油是在 1928 年，当时石油公司在俄克拉何马的 Viola 石灰岩地层中进行了钻探，并于 12 月 4 日发现了石油。这是世界上第一个通过反射地震方法确定地质结构的石油发现。其他公司也紧随其后，这项新的勘探技术随即发现了几十个油田。1928 年进行的地震调查是由附属地球物理研究所进行的，是采用了卡切尔和他的俄克拉何马大学同事的实验发展而来的技术。第一次世界大战期间，发明家雷金纳德·费森登 (Reginald Fessenden) 和路德格尔·明特罗普 (Ludger Mintrop) 分别对新的地球科学做出了贡献。费森登是加拿大人，曾任波士顿潜艇信号公司的首席物理学家；明特罗普，是德国人。他们在同一时期的贡献同样重要。反射波法勘探最早是用于探查水底，他的创始人就是雷金纳德·费森登，他拥有这个技术的专利；而用反射波法来探寻油田，最早就是在美国俄克拉何马，它的发明者、首创者——折射法的先驱者之一约翰·克拉伦斯·卡切尔（J.C.Karcher）博士。

本地历史遗产学会解释说："虽然明特罗普和卡切尔（当时的地球物理研究主席）都获得了专利，但卡切尔博士成功地将仪器改变用在了美国的石油勘探上。"他的方法以及 1928 年发现的石油为他赢得了"反射地震学之父"的称号。第一次世界大战爆发以后，卡切尔博士被美国标准局派到法国去研究大炮发射产生的声波，战后回到美国继续这一研究工作，并且开始探索怎样把相关的知识运用到解决地质问题上来。卡切尔于 1920 年获得博士学位后，在美国标准局工作期间，会同其他几个人开展这项研究，即证明声波可以被大地内部的地层弹射或者是反射回来，他相信用这一方法有可能测定地下构造。因此就有了 1921 年 6 月的这个研究的整个过程，最后他们用采集的信号画出了等值线图并做出了世界上第一张反射地震的地质剖面图。当时他们用的这台反射地震仪，至今还保存在华盛顿的国家博物馆里。当时的实验虽然有了成果，但是卡切尔没有钱，无法进一步地加以研发。到了 1925 年，阿梅拉达石油公司的总裁德高里尔（Everett L.DeGolyer）了解到这一情况后找到了他，并支持他把反射地震商业化。他们为此创办了地球物理研究公司。地球物理研究公司双管齐下，一面推广应用明特罗普的折射地震技术，一面开发卡切尔博士的反射地震技术。1926 年他们用反射地震仪样机对已知的那西盐丘穹窿进行了实验性的探测，效果很好，不仅能够查明盐帽，而且克服了上部沉积层松软、反射速度低的困难，用倾斜激发法，查明了盐丘的形状。1928 年他们研制成功了全套的反射地震勘探装备，建立起了第一支反射地震队，开始了反射地震的商业化应用。1930 年地球物理研究公司结束，卡切尔成立了自己的物探公司 —— 地球物理服务公司。1933 年他用反射地震技术得出了老洋穹隆的地质构造图，发现了这个滨海地区最大的天然气与凝析油油田。同样，20 世纪 30 年代初用反射波法在俄克拉何马发现了几个大的油田。20 世二三十年代是美国找油的高潮，使物探方法很快得到推广应用。由于反射波勘探法比折射法优越，加上仪器的不断改进，30 年代这种方法即在美国得到大量的使用，1937 年已经有了 250 个此类地震队。

在反射地震技术的发展过程当中，卡切尔博士的助手之一亨利·萨尔瓦托里（Hery Salvatori）起过重要的作用。

萨尔瓦托里是意大利人，少年时期跟随着父母移居到了美国，在新泽西州长大，在费城上了中学，在宾夕法尼亚大学毕业，也曾经在贝尔实验室工作。1926年，一次偶然的机会使萨尔瓦托里同地球物理勘探事业结下了不解之缘。他到俄克拉何马的油田去参观，正好遇到了卡切尔博士率领地震队在做反射地震的野外实验，他和卡切尔谈得非常投机，从而成为卡切尔的助手，负责这里的实验工作。不久，地球物理研究公司要在西部加利福尼亚开展业务，就派萨尔瓦托里去主持这项业务。1933年美国经济大衰退，卡切尔的地球物理服务公司也不景气，萨尔瓦托里实现了"细胞的分裂"，以9000美元的资金创业，办起了西方地球物理公司。随着经济的恢复和石油工业在美国以及世界各地的发展和兴起，西方地球物理公司得以快速发展，到了20世纪80年代成为美国和世界上最大的地球物理公司。

尽管地球物理学的研究具有数百年悠久的历史（关于地球磁场起源于地球内部的文献，发表于1600年），但地球物理学作为一个独立的学科，却只有100多年的历史。1898年德国哥廷根大学设立了世界上第一个地球物理学教授的职位，并成立了世界上第一个地球物理研究所。在这里，著名的地球物理学家埃米尔·维舍特（Emil Wiechert）开设了一系列关于地球物理观测的课程，培养出了如古登堡、盖格尔等一批闻名世界的地球物理学家。中国的地球物理学是经历了几代人的发展而走过来的，诞生于20世纪30年代末，主要由欧美留学归国的陈宗器、赵九章、顾功叙、傅承义、翁文波等老一辈科学家为代表；起步于20世纪50年代，1952年由于我们国家经济建设尤其是矿产资源勘查的需要而得到较快发展。21世纪的地球物理学由于其极强的吸收和吸纳现代科学和技术进步的能力，变成为地球科学一个非常活跃的分支学科，同时学科本身也进入了迅猛发展的阶段，并为中国石油和天然气工业的发展做出了重大贡献。

写于 2019 年 11 月 26 日芝加哥飞北京的 UA581 航班上

西奥多休斯方尖碑

　　2010 年 5 月，中国石化组织油田勘探开发事业部及有关油田专家赴土耳其对西方奇科地球物理公司海洋可控源电磁勘探技术进行现场考察、技术交流，并进行了学术研讨。海洋可控源电磁技术采用拖缆水平电偶极子源发射 0.01-50Hz 电磁波，用置于海底的阵列电磁接收器接收来自海底地层的电磁场信号，采集站测量并记录海底水平电场的两个正交分量以及信号的振幅、相位随场源距离的变化，通过处理解释手段得到海底地层几十米到几千米范围内的电性结构，借助电阻率与储层含油饱和度的密切关系直接探测地层的含油气性。油气储层的高电阻率（30-500Ω·m）与盐水储层的低电阻率（0.5-2Ω·m）之间的差异，使得电磁法成为一种探测地下油气储层的有效手段。西方奇科地球物理公司海洋可控源电磁勘探技术部门 1982 年成立，总部在意大利米兰，下设专门的电磁技术研发中心和设备生产厂家，拥有业内著名的 WinGLink 软件、拥有丰富的电磁处理和反演的经验。最近几年，西方奇科电磁勘探队伍在世界各地进行了多项作业，并利用斯伦贝谢多部门互相协作的优势，结合地震、地质、油藏等各部门，采取联合反演解释，获得了用户的一致好评。为巴西国家石油公司、非洲的道达尔、英国石油等作业，钻井结果证明此项技术的应用大大降低了打干井的概率，有助于用户的勘探开发决策。此时，这家公司的勘探船正在位于土耳其连接欧亚大陆的港口城市伊斯坦布尔海达尔帕夏港口休整，我们一行正是利用这一时机到达西方奇科电磁勘探船现场。

几天里，除了解其项目实施的一般流程外，重点对勘探目标区的可行性进行分析；通过与现有资料结合进行正演、反演并模拟可能得到的结果；对设计—采集—处理解释等问题进行了探讨与交流。从技术关键来看主要有几点：一是采集方案设计。二是多种探测方法的结合，即做好联合反演。1. 大地电磁与可控源电磁（以下简称 CSEM）的联合反演；2. 地震与 CSEM 的联合反演。三是排除多解性。如基岩电阻率很高，如何识别其与火成岩、气藏是个难点。总的认为：一、海洋可控源电磁勘探技术已经成熟并且在深海油气勘探中发挥了较好的减少钻探风险、提高勘探成功率的作用等。二、西方奇科地球物理公司海洋可控源电磁勘探技术具有先进性，并且技术支撑程度高，在设计与联合反演方面具有优势和特色。

在完成任务的间隙，我们游览了伊斯坦布尔老城中心的苏丹艾哈迈德广场。这里曾是拜占庭帝国都城君士坦丁堡的体育和社交中心及竞技场，即君士坦丁堡赛马场。据说，君士坦丁大帝在将竞技场扩建后，赛马场一度长达 400 米，宽 150 米，有 40 排马蹄形座位，可以容纳 8 万多人，是当时世界上最大的竞技场，也是帝国政治、军事的中心。经过近 2000 年岁月的洗礼，昔日辉煌的古竞技场如今已成遗址，看不出一点赛马的痕迹，不过场地中央的西奥多休斯方尖碑（图特摩斯三世方尖碑），是其存在过的见证。

方尖碑是古埃及的杰作之一，是古埃及崇拜太阳的纪念碑，也是除金字塔以外古埃及文明最富有特色的建筑。方尖碑外形呈底方顶尖状，由下而上逐渐缩小，顶端形似金字塔尖，塔尖常以金、铜或金银合金包裹，当旭日东升照到碑尖时，

西奥多休斯方尖碑

它像耀眼的太阳一样闪闪发光。碑高度不等，碑体用整块花岗岩制成，碑身是刻有象形文字的阴刻图案。古埃及的方尖碑后来被大量搬运到西方国家。

西奥多休斯方尖碑又名"埃及方尖碑"，原本是古埃及法老图特摩斯三世为纪念他的胜利而建造的，原来矗立在埃及卢克索卡纳克神庙门前。公元 390 年，罗马帝国西奥多休斯一世大帝将它运到正在建设的新首都——当时称为君士坦丁堡的伊斯坦布尔，竖立在帝国竞技场的中轴线上，并举行了隆重的竖碑仪式。这座方尖碑已存在近 3500 年，仍然保存完好，碑上刻有当时的象形文字，碑石安放在一个高约 3 米的基座上，基座与碑体之间由 4 块很厚的黄铜片支撑。基座的底部是白色大理石，四周有浮雕，浮雕和底部连接处有 4 块红褐色的花岗石。浮雕描绘的是西奥多休斯一世及其家人在御花园中活动的场面，南面是他和家人在观看赛马；东面是他坐在包厢，

18

准备给赛马获胜者佩戴桂冠；北面是他主持竖碑仪式；西面是他接受降敌的朝贡。基座上还镌刻有希腊文和拉丁文，说明他竖立此碑的因由。

埃及有一本书叫《方尖碑》，对这一建筑形式有系统的论述，而对我们来说，大部分人对方尖碑的印象都来自一些旅游见闻中对其笔

艾米诺努码头

直向上的壮丽景象的好奇与赞叹，而对它的材质、发掘、运输和建造等工艺，对它的王朝和社会文化的变迁，对其被赠送、掠夺漂泊的故事，以及它的宗教表意、建筑审美都没有很多的了解与探究。回国时，我在伊斯坦布尔机场买了一枚石质方尖碑艺术品，回来后放在书架上。有一天看到保罗·福塞尔（Paul Fussell）所著的《格调》一书，书中以一个美国人的视角描写了20世纪七八十年代美国人的生活，以及如何丰富自身的精神世界。内容来自生活现实，对现实的描摹比较到位，尤其是对社会现实的写实性描写，很有深度、有思想，也很有远见，是一部可以带着你思考的书。有趣的是，书中把人划分到九个等级里边，其中谈到了把家里面有否摆放方尖碑作为划分等级的一个标志及理由，让我这样一个对方尖碑毫无概念的门外汉哭笑不得。

广场上美丽的土耳其少女（咸阳 摄）

方尖碑是一种表意建筑，它没有实用性，在远古的时代，统治者为了表达或祈求上天的庇护而建造了方尖碑，是向神灵的诉说，宣扬王权的威武、霸气和神圣不可侵犯。方尖碑传达的是一种高耸、笔直、俊俏、挺拔、尖锐、直刺苍穹的审美意象和崇尚自然的朴素心理，让人有一种自信天下、诘问天地、睥睨万物的联想。方尖碑也是古代西方朴素哲学观念的体现，西方的四元素和炼金术之说起源于古希腊，成型于欧洲，但以"进化和升华"为核心的朴素炼金术价值观在泛埃及文明中早有体现。埃及人毕生追求不朽，而黄金和王权则是不朽的两个代表，方尖碑象征着王权是人间等神的存在，是最高的、最上层的，这一点和《圣经》中的巴别塔以及中世纪的哥特式建筑都有异曲同工之妙。这与我们中国的一些载功祭祀碑有相同的表意和审美功能，比如以形状上的高大雄伟来显示主人的威武和雄心，以石头这样坚固的石材来表达不朽和万古流芳。但是终究还是有区别的，中国的碑在形制上，是以长方体、柜箱状为主，碑顶戴有塔帽或者是呈圆弧形，审美上讲究高大、圆通、宽阔和稳重，当然也体现出中国古代官员及士人阶层几千年以来尊崇的中庸思想。

今天，当我们漫步在华盛顿、罗马、巴黎时，这些高高耸立的壮美方尖碑总能引起人们的惊奇、震撼和羡赞，经过几千年的风风雨雨，直到现在它们依然像民族图腾一般吸引着我们的视线，使人们的身心、意念在经历岁月的淬炼中升华，也慢慢地体味人漂泊时的苦难与忧伤。高山仰止，人类对高大的物体有种天然的崇拜与宣扬，于是乎，人们树碑立柱，建塔塑像，让夸张的高大伟岸来寄托某种精神，传递某种价值和威严的气息。其实每一座方尖碑都是一段千年的传奇，承载着沉重的历史，同时在历尽沧桑的社会文化信息里，也都有着悲欢曲折、消磨变迁，让人在无言中沉思回味其中的历史故事。

（陈麒任对本文的部分文字内容有贡献）

2011 年 11 月 30 日写于阿克苏
2020 年 2 月 27 日修改于北京听雪斋

菊富士

　　《菊与刀》是美国学者鲁思·本尼迪克特（Roth Benidict）于1946年写的一本描述日本民族、日本文化既尚礼守序又凶狠好斗的矛盾心理的书。我们知道菊花是日本皇室的象征，而富士山又是日本的象征，而菊富士即是位于日本本州青森县弘前市的一家有名的传统料理店。2018年7月10日晚间在此休假的我们夫妇两人在蒙蒙的细雨中一边看着地图一边问路，走进了这家从古代传承至今的弘前饮食文化的代表店。

代表弘前饮食文化的传统料理店 —— 菊富士

　　弘前市位于青森县，在北纬40度12分到41度33分之间，几乎与纽约、北京、罗马、马德里相同。这里三面环海，东临太平洋，西临日本海，北面为津轻海峡，自古渔业发达繁盛，终年都可以品尝到新鲜的海产，而且以海产为食材做成的佳肴非常的丰盛。又由于这里的冬天十分寒冷且时间很长，以多雪闻名于日本国内，因此对冬天物资及食材短缺的居民而言，营养价值极高的鱼类是大自然孕育的美味之一。在大量降雪以前，以鱼贝类和菌类为主要食材，让身体由内而外暖和的热汤，以及为了抗寒而增高血压所使用的重咸味的料理方法是弘前料理的特征。所以这里的居民一直用心守护、传承着家乡料理的味道，不仅是在冬天，一年四季在弘前市的餐厅都可以品尝到美味的传统料理，我们就是慕名而来的。

弘前市作为津轻地区政治、经济、文化的中心，都市繁盛之景已存在约有400年之久，其设施完整地留存至今。不论是春天的樱花烂漫，还是冬天的白雪皑皑，都是在此可以领略的优美景色。弘前城是弘前最具代表性的观光景点，曾因海上的运输成为贸易的兴盛之都，也被认为通过贸易接受了各国的文化。据说弘前的传统艺术津轻三味线（见《三味线》一文）便是因贸易的往来而流传至今的。现在弘前市的苹果栽种荣登日本第一，相传苹果的栽培是由迁居此地的美国印第安纳州传教士引进苹果树苗才开始的。另外在弘前市及其周边地区发现了公元前300年至公元250年弥生时代的水田遗迹，由此可见当时的弘前盛产稻米，迄今流传下来的传统料理当中多数都使用稻米，稻米不仅是主食，也被做成米点心、零食及长期保存的食品等。由于冬天物资的缺乏，将一样食材充分利用毫不浪费的料理方法以及使用各种方法保存食物的技术，现在也日益精进，例如将在弘前近海常可捕获的飞鱼经过干燥制成鱼干；冬天美味之一的鳕鱼，其鱼骨、鱼皮的部分也能被有效地利用作为食材；蔬菜经过干燥用盐腌渍后也能长期保存，慢慢地享用。

我们在街上问路，当地的居民非常友好和善，客气而热情，不厌其烦地给我们指点方向，并祝我们在日本逗留期间玩得高兴。经过了几个拐弯，我们终于来到了外观看上去很地道并挂有两只红灯笼和写有"菊富士"三个字的门店。店主人很热情地招呼我们在一个台面坐下。桌面很精致地铺着素雅的桌布，墙上挂着几幅粉色淡雅而低垂的樱花油画，飘荡着淡淡的叫不上名字的三味线音乐曲调。邻桌是一对30岁左右的青年男女，女生一边喝着清酒，一边在低声地倾诉着什么，温暖的烛光照在他们成熟、淡定的脸上，气质是那样的优雅，像是我们旁边的又一幅油画。

喝着大麦茶看着菜单，我们点了几道传统的料理，比如这里正月十五的传统料理：什锦蔬菜汤、味噌扇贝锅、弘前炸鱿鱼饼、鳕鱼子拌菜、津轻荞麦面（是加入荞麦粉的一种大豆做成的独特的荞麦面），还有使用名产青辣椒保存的食品的南蛮一升渍。很可惜的就是没有鱼杂汤——一种非常有名的鱼杂锅料理，因为它的供应时间是每年11月至来年的3月，这款料理是这儿冬天的代表，当地人最喜爱的一种乡土料理，其材料是做鱼料理以后剩下的鱼头、鱼骨、鱼皮和内脏，将它们切成容易入口的大小以后，与蔬菜一起煮。它凝聚了弘前人的智慧，有效地利用了所有的食材，用鱼头、鱼骨、鱼皮熬煮的汤，浓缩出的美味是鱼肉所不及的。加入了盐和味精的浓郁汤头，搭配最美味的带骨鱼肉一起享用。因为把鱼不要的部分称为"杂把"，鱼杂汤颇具特色的料理名称也是由此变化而来的。

炸鱿鱼饼是用鱿鱼脚和蔬菜做的一种家庭料理，这道料理有效利用了过去为奢侈品的鱿鱼——做完生鱼片和煮物所残留的脚的部分。其做法很简单，先将鱿鱼脚用菜刀剁碎，再和家中剩下的蔬菜一起用面粉和成糊状，最后在多油的铁板上煎制，调味可随个人的喜好。炸鱿鱼饼据说是传承了家中妈妈味道的传统料理，是脆香糯软的一种味道享受。

味噌扇贝锅也很有意思，是因为用超大的扇贝取代了料理锅而得的名字，吃法也很独特，在扇贝上放鱼干贝、白肉鱼豆腐等。这道乡土料理在鸡蛋属于奢侈食材的时代，是为补充产后或生病后的营养所做的特别的料理。取代料理锅使用的大扇贝壳也是家中相传的贵重的物品，在女性看来结婚以后将其带至夫家有重要而特殊的意义，在日本它还被当作嫁妆。

什锦蔬菜汤是一种正月十五的传统料理，它是将为长期保存而加工过的食材像白萝卜、红萝卜、酸菜豆腐、牛蒡等切成5毫米大小的丁以后炖煮再加鱼，是一道吃起来味道鲜美而盐分较多的红味噌。这道汤做的时间越久就越能体现出食材的美味，它是弘前市和周边地区祝贺新年的传统料理，过去是一大锅炖汤以后，取所需的量加温而食用。什锦蔬菜汤的食材和味道，各个家庭和餐厅都有所不同，每次品尝都会有新的发现，据传这道料理的名字是由粥汤变化而来的。

最后我们要了津轻荞麦面，它是在大豆中加入荞麦面粉的一种独特的面，在日本国内也属于做法罕见的一种面。由于料理手续过于繁杂，这道传统料理也曾经历过技术失传的

清馨舒雅的菊富士（庆子 摄）

危机，经过调查过去的文献及对自古以来诸家传承制作方法的验证，这种技术已被复活，大家才能够继续享用这道古法料理。具体做法是将荞麦粉加入热水揉成块状，放置一晚之后再加入搅碎的大豆或者是大豆汁和均匀以后制成吃起来很容易咬断的面。吃这种面感觉面在经过喉咙和舌头的时候有一种特殊的口感，大豆的香甜也是其一大特征。

还有就是两个小吃，这个南蛮一升渍，在日本呢，"南蛮"就是辣椒的意思，一升呢，是日本以前使用的一种度量单位，相当于现在的1.8升。在这里，有雪国之称的弘前市，以前栽种辣椒，收获以后加以长期保存，其美味的吃法也广为流传，这道小吃的名称是因以前做的时候使用一升大小的瓶子而来的。其具体做法就是将切得细小的辣椒和酱油搅拌，再加入制作日本酒时的发酵物将其保存。经过几天的发酵，南蛮一升渍的味道会变得越来越美，适合做下酒菜，另外，作为白饭盐渍豆腐和其他各种调料的调味品，也受到人们普遍的喜爱。另一个小吃鳕鱼子拌菜，在日本，它是用食材加上调味料搅拌而做成的。它是一道祝贺新年的传统料理，把蔬菜切细，用酒和幼砂糖调好味，再加入鳕鱼卵在锅内翻炒，翻炒时加入豆腐和葱花，其味道柔和，是一道连小朋友都爱吃的美味佳肴。

我们点了这几样传统的小菜，菜品量不多，味道却很美，再加上一壶日本津轻当地的清酒，吃得酣畅淋漓。就餐以后我们在门口的过厅里浏览一些餐馆的照片，有历史传承的照片、菜品做法的照片，还有餐馆的布局风格等。临别我们想照几张相留作纪念，恰好过来一位五十多岁、看上去端庄素雅的职业女士，便麻烦她帮忙拍照，拍完照以后她突然用中文问我们："你们会讲普通话吗？就是北京话。"在这样一个日本很北边的靠近津轻海峡、又人烟稀少的地方，在一个细雨霏霏的夜晚，发生这样一幕，我们感到很有趣，自然我们就聊了起来。她问我们来自哪里、去了哪些地方、对日本的感觉怎么样等，原来她20世纪70年代末80年代初在北京的中央民族大学和北京大学上过学，名叫庆子，2012年还在北京待过一年。真是有意思，这一幕给我们留下了比较深的印象，直到回到酒店，我还在想这件有趣的事情。

2019年3月27号写于北京听雪斋

阿布扎比大清真寺

应阿拉伯联合酋长国迪拜水电总局的邀请，2010年1月24日至28日，中国石化集团公司高级副总裁、中国工程院院士曹湘洪率团赴阿联酋迪拜进行工作访问。1月25日至27日，代表团与迪拜水电总局、中环国际、壳牌、迪拜石油公司及迪拜最高能源委员会的有关人士就迪拜整体煤气化联合循环（IGCC）项目和海上油田项目进行了会谈，达成共识并签署了会议纪要。IGCC项目是指阿联酋迪拜水电总局拟在迪拜新建一套发电和制造淡水项目，初步设想生产电力2000兆瓦，淡水4亿加仑／日，副产品二氧化碳用于海上采油，提高油田的采收率。

迪拜地区人口约150万，拥有全世界1%的可再生淡水，是中东地区对淡水资源需求最大的城市之一。由于当地人口高速增长、工商业飞速发展，对电的需求也急剧上升。水、电一直是当地政府的重点投资领域，故迪拜的这一项目具有广阔的市场前景。项目所在地位于距迪拜海岸约20千米的一个人工岛上，项目总投资约200亿美元。2008年迪拜水电总局与中环国际签订了意向书，委托中环国际开发、筹建和运营该项目，装置建成25年后转交迪拜水电总局。按照中环国际的初步设想，该项目除发电、造水、副产品二氧化碳之外，还产甲醇，同时以甲醇制油品。原料煤来自美国、澳洲等地，以煤浆的形式船运至迪拜。迪拜最高能源委员会副主席兼迪拜水电总局首席执行官泰伊尔先生会见了代表团成员并参加了会议。他介绍了近几年来迪拜经济的发展状况、发展思路以及后续发展对水、电的需求。迪拜现有水、电全部由燃气循环发电厂生产，天然气主要由卡塔尔进口。鉴于目前天然气价格越来越高，需要寻求新的水、电来源，在这一背景下，迪拜政府提出了这一项目的设想与初步方案。代表团由集团公司相关部门人员组成，我作为油田勘探开发事业部副主任参加了此次访问交流。3 天的交流与会谈内容多而紧张，故中间休息半天，邀请方安排我们去阿布扎比的大清真寺参观。

阿联酋由 7 个酋长国（阿布扎比、迪拜、沙迦、哈伊马角、阿治曼、富查伊拉和乌姆盖万）组成，在 7 个酋长国中，迪拜因人口最多且是中东的经济和金融中心，所以知名度较高。其实，阿布扎比是阿拉伯联合酋长国中最大的一个，面积占国土总面积的 80% 多，包括大约 200 个岛屿。阿布扎比市就坐落在其中一个岛屿上，拥有一个首都的一切魅力和激情。这 7 个酋长国各有特色，政治中心是阿布扎比，经济中心是迪拜，文化中心是沙迦。阿布扎比市是一个绿意浓浓的天堂，宽阔的街道、美丽的公园和视力所及的远方尽是绿树。城市以外的阿布扎比酋长国多是沙漠，鲁卜哈利沙漠面积占据阿拉伯半岛约四分之一，是世界上最大的沙漠之一，覆盖了整个沙特阿拉伯南部地区和大部分的阿曼、阿联酋和也门，故又称阿拉伯大沙漠。阿布扎比大清真寺就坐落在沙漠中的几个大沙丘之间。

经过一个多小时的枯燥行车，荒凉的大沙漠中突然出现了银白色的宏伟建筑，不由得让人们赞叹和惊讶。眼前这富丽堂皇的建筑，就是阿布扎比大清真寺。这座清真寺通体白色，与土耳其伊斯坦布尔一座世界著名的因为清真寺内墙壁全部用蓝、白两色的伊兹尼克瓷砖装饰而著名的蓝色清真寺截然不同。大清真寺坐落于阿联酋首都阿布扎比市，位于首都阿布扎比的穆萨法大桥和马格达大桥这两座桥梁之间，是阿联酋的标志性建筑，于2007年竣工。为了加深穆斯林与非穆斯林之间的相互了解和宣传伊斯兰文化，2008年3月起该寺庙对所有游客和公众开放。阿布扎比大清真寺是阿联酋最大的清真寺，全称为谢赫扎伊德·本·苏尔坦·阿勒纳哈扬清真寺，是为纪念阿联酋第一位总统而建造的，可能由于名字太长吧，当地人和游客都简称该寺为大清真寺（Grand Mosque）。作为全世界最大的清真寺之一，阿布扎比大清真寺能一次性容纳多达四万人的穆斯林做礼拜，它也是全阿联酋唯一一座对外开放的清真寺。

离大清真寺还有一段距离，沙漠中炽热的阳光肆意地倾泻在清真寺及其周围的大地上，金黄色的光芒从一个个穹门中倾泻出来，流光溢彩，把清真寺渲染得一片辉煌。阳光倾泻到廊外的水池里，周边以蓝色为池底的水池，衬托出一种令人肃穆的恬静。此时的水池就成了一面镜子，清真寺建筑上一个个圆圆的穹

装饰着黄金和宝石的廊柱

顶和四角上高高的宣礼塔倒映在水中，映照出又一个更加美丽的清真寺。走进大清真寺，首先出现在眼前的是高大的围廊。清真寺是一个

主殿内手工编织的波斯地毯

长方形的建筑，中间是一大片广场，广场的正后方是大礼拜厅，广场的另三面都是围廊。支撑整个围廊的是装饰着黄金和宝石的廊柱，一根根灵秀别致的廊柱，上面黄色的柱头都是纯金包制的，下面弯曲漂亮的植物枝条上，点点粒粒的地方都镶着宝石。地面上是彩色的大理石地板，地板上的色彩不是颜料彩绘，而是用天青石、红玛瑙、紫水晶、鲍鱼贝等天然材料拼构而成，精美得简直让人不忍心踩在上面。场地上的大理石洁净纯白，在阳光的映照下，让人睁不开眼睛。沿着一边的围廊往前走，前面不远就是大礼拜厅，当然在进入礼拜厅之前所有人都要脱掉鞋子，赤脚前往。走进大礼拜厅，你会被眼前的景象强烈地震撼。首先是主殿内的波斯地毯，它被誉为世界上最大的手工编织地毯，面积据说达 5627 平方米，重达 47 吨，造价 580 万美元。地毯花纹精美，色彩艳丽，立体感非常强。最令人惊叹的是将近 6000 平方米的地毯上居然没有一处缝痕。看完脚下，再抬头看，殿堂里悬挂着 7 盏世界最大的镀金黄铜水晶吊灯，是在德国加工定做，价值上

千万美元，在世界清真寺吊灯里是首屈一指的。7盏吊灯在镀金的基础上，镶满了来自施华洛世奇的水晶，达数千颗。最大的一盏吊在礼拜大厅的主圆顶上，是世界最大的枝形水晶吊灯，吊灯由金色铜制花枝组成，直径10米，高15米，重9吨，旁厅中的水晶灯小巧灵秀，绝不喧宾夺主。

整座清真寺的设计充分体现了伊斯兰文化的风格，也借鉴了不少世界上有名的清真寺。该寺的设计师、建造原材料分别来自意大利、德国、摩洛哥、土耳其、伊朗、印度、中国、希腊和阿联酋本国，因此它也体现了国际化的建造思路。巨额资金打造的大清真寺，至少可以夺下好几个世界之最：最昂贵的造价、最耀眼的洁白、最大的水晶灯、最大的地毯、最多的黄金，等等。该寺始建于1999年，不说55亿美元的建造费用，光是黄金就用了10吨。整个建筑群都用来自希腊的汉白玉包裹着，庄严肃穆，而那些精美的雕刻则是来自中国工匠的手艺。在这里你可以真正见识有钱的任性和奢侈。提到奢侈，不得不说一下清真寺里的洗手间。卫生间在地下，有专用电梯，电梯口配有拖鞋，下电梯第一大厅是穆斯林清洁用的，是个洗手洗脚的地方。穆斯林在祈祷前要净手净脚，洗手池是墨绿色

殿堂里面悬挂的世界最大的镀金黄铜枝形水晶吊灯

大理石的六角形，四方墨绿色面的是凳子，前面是脚盆。卫生间宽大明亮，豪华干净，弥漫着中东富豪们特有的玫瑰香水气味，所有的开关都有黄金包制，外间有可供休息的大沙发，客人可以短暂休息。

在返回迪拜的途中，从车窗远远看去，阿布扎比大清真寺就像一颗璀璨夺目的巨大的宝石，镶嵌在波斯湾畔、阿拉伯大沙漠和半岛荒漠与绿洲的交汇处。阿布扎比大清真寺，以其洁白典雅的外观、恢宏的建筑格局、内饰的精美与豪华让人放眼而生庄重之感。

写于 2010 年 5 月 2 日

修改于 2019 年 8 月 26 日

圣家族大教堂

圣家族大教堂，又称神圣家族大教堂，简称圣家堂（Sagrada Família），是位于西班牙巴塞罗那的一座罗马天主教大型教堂，由书商博卡贝利亚提出设想，西班牙建筑师安东尼奥·高迪（1852—1926）设计。圣家族大教堂始建于1882年，有趣的是教堂至今仍未竣工，每年却吸引超过几百万的游客参观。教堂已被联合国教科文组织列入《世界遗产名录》。当地时间2019年6月7日，位于西班牙巴塞罗那的圣家族大教堂在官网宣布，在历经137年后，终于获得官方核发建造执照，因为迄今没有记录显示这座大教堂是否曾获得过建造许可。教堂有望在2026年、高迪逝世100周年时完工。根据建造者的说法，竣工后，高172.5米的中央尖塔，将让圣家堂成为欧洲最高的宗教建筑。2010年6月13日至16日，第72届欧洲地球地质学家与工程师学会（EAGE）在巴塞罗那召开，会议的间隙，我有幸参观了这座著名的教堂。

在介绍这座教堂之前，先说一下这次学会的收获。这次学会联合了国际石油工程师协会（Society of Petroleum Engineers，简称SPE），展示了地球物理技术的重大进展，成为今年最大的多学科地球科学盛会。此次学会以"地球科学的新春天"为主题，展示了地质、地球物理以及油藏工程技术的最新进展，挪威石油地质服务公司（PGS）、法国地球物理公司（CGG Veritas）等各大物探技术服务公司在此次展会上纷纷展示最新技术产品及重大技术进展。主要有PGS海上物探技术取得重大进展，2010年是PGS双检电缆技术（GeoStreamer）取得突破性进展的一年，有两艘船在北海水域的成熟油田进行多分量3D双传感器拖缆数据采集，PGS期望通过此次勘探进一步挖掘GeoStreamer技术的潜在优势，并在北海地区寻找新远景区。采用GeoStreamer技术进行勘探，如化学驱和微生物驱、热水驱、氮气驱、二氧化碳非混相驱、火烧油层烃气驱、二氧化碳混相驱蒸汽驱，开启美国历年强化采油（EOR）地区低风险、高效生产的新篇章。另外，PGS的海底油藏监控（OptoSeis）光纤系统进行永久油藏监测取得重大进展，巴西国家石油公司已决定选择OptoSeis光纤系统在朱巴尔特（Jubarte）大油田进行油藏监测。OptoSeis系统在当前光纤系统市场刚刚起步的阶段具有较强的竞争力，在朱巴尔特这样的大油田采用OptoSeis系统进行监测，不仅展示了PGS永久油藏监测技术的先进性，更进一步提升了公司油藏永久监测技术的服务信誉。

其次是CGG Veritas推出海上宽频服务方案，CGG Veritas始终坚持技术创新的战略，重视新技术、新装备的开发，以创新技术保持公司的竞争实力和市场地位。在此次展会上，CGG Veritas推出了海上宽带地震技术（BroadSeis）宽频海上地震综合服务方案，该方案以法国赛索尔公司（Sercel）的固体拖缆（Sentinel）和拖缆控制器（Nautilus）为基础，是一项集合了领先设备、独特采集技术和专有去噪与成像技术的高分辨率海上地震综合服务方案，能够通过宽带为海上地震数据记录提供更清晰的图像，是地震成像技术的又一次进步。

另外英洛瓦物探（INOVA）推出震源新技术，地球物理集团（ION）与东方地球物理公司（BGP）合资组建的地球物理公司推出了可控震源和谐波畸变压制技术。这两项技术联合应用可以大幅提高震源的有效出力，减少谐波畸变，降低噪声，加强可控震源信号，提高操作效率，改进成像效果。可控震源是一个具有发展潜力的领域，新设备、新技术的不断进步，将促进可控震源在生产效率和成像质量上和谐发展。

还有斯伦贝谢新版集勘探、开发、生产于一体的大型综合油气藏研究软件，该软件是斯伦贝谢公司一款模拟 - 解释综合软件，是解决油气藏勘探开发技术难题的首选。在此次展会上斯伦贝谢公司展示了石油 2010 新版本，新增的两项强大功能主要包括断层封堵性分析功能及同步模拟 - 解释功能，这两项功能能够对勘探流程更全面地进行风险分析，提高勘探成功率，降低勘探风险。另外，斯伦贝谢公司新推出了海洋开发平台，通过该平台能够进一步定制石油工作流程，以迅速解决局部勘探难题，强化并完善石油的工作流程。

除了以上技术之外，帕拉代姆公司 2009 年推出的新一代解释模拟系统也扩大了地质与地球物理应用，同时还有多家公司展示了可控源电磁技术和非常规油气藏勘探开发技术。此次 EAGE 学会上涌现出的这一系列亮点技术与特色服务反映出各物探技术服务公司在金融危机中坚持技术创新，以新技术应对挑战的可持续发展理念。会议间隙，我们用半天时间去参观了我在文章开头所描述的那座神圣而有趣的教堂。

这座伟大的建筑，坐落在西班牙热情如火的巴塞罗那老城区中。老城区宽大的街道两边，绿树成荫，中世纪英武的骑士们曾经驾驭着高头大马在这条街上跨步前行。站在这条长街上，隔着无数古老的欧式房屋，能看见大教堂巍然屹立的身影。教堂共计 18 座高塔，最中央的塔楼高 170 米，周围环绕着 4 座 130 米高的大塔楼，北面的一座后塔有 140 米高，包括"荣耀立面"在内，目前没有一座是盖好的。巨大的教堂有三座大门，即诞生门、受难门和荣耀门。面向东方的是"诞生门"，它叙述了圣母玛利亚孕育耶稣和耶稣成长的情景。门上斑驳凹凸的花纹装饰和镶嵌其中的各式人物雕像，凝聚了高迪对圣经故事充满激情的解构与重塑，给人一种沧桑厚重的感觉。它与北面后龛的墙壁一同完成于 1912 年，是教堂最先建好的一部分。面向西方的"受难门"主要表现耶稣死亡的场景，与诞生门繁复的装饰相比简洁得多。设计师高迪在世时只完成了东侧的耶稣诞生之门，我们从这里走入这座神圣殿堂。徘徊在入口处，整个大门的立面是一座巨大的浮雕，用真人比例的雕像讲述了圣经中耶稣诞生的故事，纷繁复杂的造型和生动逼真的神态，好像是将活的场景凝固在墙上。浮雕与造型没有直线，崇尚自然的高迪，用曲线代替了之前规整的直线，体现出高迪所说的"直线属于人类，曲线属于上帝"之意。这些曲线全部取材于自然，海螺、鹅卵石、树叶、昆虫……它们的每一部分都悄无声息地融合在这巨大的建筑里。

阳光透过彩色玻璃窗映射在呈树杈状的柱子上

进入教堂后，你会发现太多东西让你移不开视线。阳光透过彩色玻璃窗映射在柱子上，绚丽的色彩令人叹为观止。线条分明的柱子呈树杈形支撑着整个教堂，绿色、粉红的立柱就像树干，向上攀升，派生出很多树杈，用以支撑穹顶。无数

圣家堂前草坪上读书的人

的枝干汇聚成万花筒般的天花板，它们除了装饰的作用，还能自然采光。教堂上方的圆顶和内部结构为新哥特式风格，其装饰多以植物为主题，屋顶上用瓷砖拼接的图案看起来就像是散开的棕榈叶。圣家堂内有彩绘的玻璃大窗，但不是传统的人物彩绘，而是以橙色、青色为主色调的抽象彩绘。橙色象征着太阳初升的光芒，青色代表日暮时光。当阳光透过彩绘玻璃洒向教堂时，人们会产生温暖、奇幻的感觉。穹顶的高挑空间，让人感觉空旷而深远。阳光从阔大的窗子洒进来，照得教堂里亮堂堂的。教堂祭坛区，在橘色灯光聚焦的华盖下方，是被钉在十字架上的耶稣像。传统被钉在十字架上的耶稣耷拉着脑袋，双腿伸直交叉着。这里的耶稣昂着头，

双腿弯曲并交叉。

穿过教堂从后门出去，有条小路通向地下室，地下室里有一间小型的、陈列着圣家族教堂早期设计资料的博物馆，在此可以看到高迪的相片及生平介绍。高迪自1883年开始主持圣家堂工程，便将自己近四十年的岁月几乎都投注在此工程上，在生前的最后12年，他谢绝了其他工程，专心于该教堂的建设，直至1926年73岁时遭遇车祸去世。他去世时教堂仅完工了不到四分之一。圣家堂作为高迪一生中最主要的作品、最伟大的建筑，是他心血的结晶和荣誉的象征。高迪的伟大之处并不仅仅在于他设计建造了圣家族大教堂，他设计的其他建筑比如奎尔公园、米拉之家和巴特罗之家等，也都有鲜明的特色。高迪的灵寝安放在教堂下，这位天才设计师就这样躺在自己设计的最杰出的建筑里，和世人一道静静地等待着它竣工那天的到来。

圣家族大教堂大量融入了高迪自己的建筑设计风格、哥特式和新艺术运动的风格，充满了复杂的细节，高迪还意图仿效自然，融合了现代主义、自然主义等多种复杂元素。在他的晚年，圣家堂的建造进展缓慢，其经费仅靠个人捐赠和门票收入维系，中间又经受了西班牙内战的干扰，20世纪50年代间教堂的建造时断时续。2010年，建造的进程过半，然而整个建筑过程中最大的一些挑战依旧未被解决，而且大教堂的建造多年来也饱受争议，但无论如何它仍以其独特的形象成了巴塞罗那的地标性建筑。

写于2010年7月21日

修改于2019年9月2日

卡斯巴哈古城

阿尔及尔是阿尔及利亚的首都，北靠湛蓝的地中海，南依青翠的撒哈拉山。山水之间，是一片被称为"白色之城"的耀眼的白色建筑，明显地将阿尔及尔分为南北两部分。南部是新城，宽阔整洁的街道、高大的欧式建筑，是政府机构和公共设施的集中地。北部是老城，是平民百姓的居住区——卡斯巴哈。1992年，联合国教科文组织将阿尔及尔的古城卡斯巴哈作为文化遗产，列入《世界遗产名录》。在2010年开幕的上海世博会上，阿尔及利亚将卡斯巴哈古城的风貌作为人们了解阿尔及尔悠久的历史和多元文化传统的媒介进行了展示，我曾经参观过展示区。2015年10月底在对阿尔及利亚国家石油公司进行工作访问并与其勘探局局长奥斯曼·拉罕先生举行会谈后，在工作的间隙，我到古城卡斯巴哈参观，终于一睹了古城的风采。

卡斯巴哈古城历史悠久，公元前2世纪，腓尼基人就在这里建造港口，罗马人、汪达尔人、拜占庭人相继统治过这里。公元16世纪和19世纪，它先后被土耳其人和法国人占领。1962年阿尔及利亚独立，阿尔及尔被定为首都。古城卡斯巴哈位于阿尔及尔的东北部，是阿尔及尔旧城的中心。从阿尔及尔烈士广场向前走几分钟，就可以到达阿拉伯风格的卡斯巴哈，古城修建在山坡上。自上而下，一路沿着台阶走，可以到达地中海沿岸。这里的街巷狭窄，最宽处不过两三米，而且纵横交错，首尾相接。纵的街巷呈阶梯状，有几十个台阶，

迷宫一样的街巷

陡峭而严整，犹如一道道瀑布飞流倒悬。横的街巷盘绕在山腰，弯弯曲曲，错落有致，形成三四个清晰的层面。街巷两旁，是依山势用木石修建的房舍。房舍大多是三四层的小楼，门窗相向，脊背通连。因年久失修，这些房舍大多相当破旧。一般的布局是，上层是人口拥挤的住室，下层则是五光十色的阿拉伯商店和摊位，这里手工制作的铜质器皿非常著名且年代久远。我也在一个铜器手工店里买了一个天平和一个铜质碗。店主人是一位头发斑白、七十多岁的工匠师，他说他做铜制工艺品已有五十多年了。整个卡斯巴哈建筑密集，街巷曲折回环，让人感觉它就像一座走向难辨的迷宫。这里住宅、商店、剧院、市政大厅、斗兽场、浴室、神庙一应俱全，还有整齐划一的街道和墓地。因为是典型的山城，地形复杂，汽车在此无法通行。很多二层小楼房的门很狭窄，人必须侧身才能通过，而院子里面却有一个很大的天井，曲折的走廊通向四面八方。这里的民居大部分是简陋的砖木结构，狭小的窗户呈圆拱形，屋顶平扁，自然平伸的屋檐由一排木橡承托。在这里可以看到戴着传统盖头的穆斯林妇女、街角的小场地上正在踢足球的孩童、拎着法式长棍面包的老人。不过我们见到的居民并不算多，据说是因为这里正在修缮，政府已经安排许多居民搬到别处。因为我们来的时候是下午时分，阳光不能直接照射进来，加之很多居民搬迁别处，这里看上去有一些荒凉破败感。

卡斯巴哈古城不但富有浓郁的阿拉伯风情，更承载着一段血与火的历史篇章。在反对法国殖民统治的斗争中，卡斯巴哈成为城市游击战的中心。阿尔及利亚争取民族解放的斗争于 1954 年 11 月在东北部山区打响武装起义的第一枪，迅即扩展到全国各地。当时，有 10 万人口的卡斯巴哈，每个居民都成为游击队员，每座建筑都成为战斗堡垒。在法军的摧残之下，卡斯巴哈的房屋大多被炸毁，大批居民遭杀害，人口锐减至 4 万。意大利进步电影工作者拍摄的电影《阿尔及尔之战》，真实地描述了城市游击队英勇战斗的情景，赞誉卡斯巴哈是"阿尔及利亚新生之魂"。我回来后，特意托人找到这部电影，看了一下，由于参观过古城，电影的场景历历在目。南非著名诗人丹尼斯·布鲁特斯则赞誉卡斯巴哈：这是真正的抵抗运动迷离而又坚不可摧的心脏。卡斯巴哈人民的斗争得到各国人民的同情和支持，经过多年的浴血奋战，阿尔及利亚结束了法国长达 130 年的殖民统治，于 1962 年 7 月宣布独立。阿尔及利亚人口约有 3790 多万，其中大多数是阿拉伯人，其次是柏柏尔人（约占总人口的 20%）。作为一个穆斯林城市，清真寺在整个城市占有重要地位。卡斯巴哈古城有十多座清真寺，充分表明了当时人们对伊斯兰教的信仰，其中

渔店清真寺

的渔店清真寺是穆斯林建筑艺术的杰作。它是以土耳其的苏里曼清真寺为原型建造的，外观朴实浑厚，内部装饰华丽典雅；悬挂在大厅和经坛天花板上的水晶吊灯个个精巧玲珑，宛若空中闪亮的星星；守柱和墙壁上镶嵌着五颜六色的瓷砖，能工巧匠拼砌出的阿拉伯象形图案立体感极强；雕琢精细的花卉栩栩如生，具有强烈的艺术感染力。还有的清真寺在狭窄的街道交接处，精致而小巧。

从卡斯巴哈这座古城出来，就是地中海最杰出的海岸景观，这是一处促使人们回顾历史的地方。我想，它的闻名于世，是因为独具特色的自然地理条件、建筑风格和人文文化。阿尔及尔，这座满城遍栽花木果树的城市，马克思晚年曾到这里疗养。这里气候宜人，傍晚，到处能看到穿着白色阿拉伯长袍的人们，在路上妇女、儿童见到你会马上用汉语问"你好"；沿山而上到处都是用稍加雕琢的石头砌成的低矮石楼、古香古色的城堡遗址，还有圆顶尖塔的大清真寺和从空中传来的时隐时现的祈祷声，这些都为卡斯巴哈古城增添了许多神秘的色彩。

2011 年 11 月 22 日写于阿克苏

2020 年 02 月 22 日修改于北京听雪斋

狄更斯酒吧

狄更斯酒吧位于伦敦塔桥东侧圣·凯瑟琳码头附近，在酒吧入口处那块白色的牌子上，写着狄更斯的名字，略显潦草的字迹，在黑色的背景里显得格外醒目。据说，英国19世纪著名作家狄更斯当年曾经坐在这里写小说，还与船工和矿工们喝酒谈天。查尔斯·狄更斯是维多利亚时代的文学天才，1837年至1839年间他与家人在伦敦度过了一段美好的时光。在这里，他完成了代表作之一《雾都孤儿》和他的第一部浪漫主义作品《尼古拉斯·尼克贝》。

从这栋三层木质结构、缠绕着花藤的房子入口处的台阶上向外望去，周边的景物静谧而优雅。蔚蓝的水面映衬着白色的帆船，被昔日伦敦上空的煤烟熏成暗黑色却耐看而古老的建筑，石头辅就的人行道和淡雅的休闲广场，简单亲切的石桥，干净、木制的坐椅，老式桅杆和精致的花卉，很容易唤起人们对历史的记忆。19世纪初，这个码头是泰晤士河重要的卸货地，而这个酒吧当时就是一座盛放物品的仓库。大英帝国从遍布全球的殖民地掠夺、采办来的物品大都在此入港。酒吧旁边竖着的旧桅杆，如今只能作为景致而不可能再扬帆了，或者只是作为老伦敦的象征而已，思及此心中不免感叹时间的流逝。就是在当年的凯瑟琳码头，泰晤士河上的水手，在这里上岸，然后疲惫而又兴奋地走进酒吧。他们中的一些人也许就和狄更斯一起喝过酒，一起谈过天说过地，自然就成了狄更斯写作的素材。在桅杆四周，也许就有《大卫·科波菲尔》《双城记》《老古玩店》里描写的场景。它们和酒吧是一样的颜色，被伦敦上空的煤烟熏成了浓黑色。

和法国的咖啡馆、中国的茶馆一样，酒吧在英国人生活中也是休闲的好去处。其悠久的历史，让这些地方连嘎吱嘎吱作响的木头都散发着独特魅力，也成了人们窥视英国历史人文的最佳角落。乔治·奥威尔1945年在他的文章里形容一个完美的酒吧应该满足如下几个条件：维多利亚风格、不需要担心突如其来的飞镖、噪音程度尚可交谈、酒保跟熟客知名知姓、生黑啤润滑好似奶油、冬天生着火炉。也许这间酒吧就符合了乔治·奥威尔所说的几个条件。当你进入酒吧的时候就会发现砖墙和瓦顶是黑色的，木制的廊柱和围栏是黑色的，宽大的横梁也像大块烧焦了的木炭，黑得有些沉重。还有酒吧的柜台因为年代的久远也发出乌黑的亮光。只是黄昏时分，布满建筑周边和码头的灯发出橘黄色的柔和的光，让人滋生和谐、温婉的丝丝感受，来探寻英伦风的人们，自然不应错过。与现代酒吧（Bar）、夜店（Club）不同，英国的老酒吧叫作"Pub"，其实是"Public House"的简称，是被平民百姓所承认的公共机构。酒吧不仅仅是卖酒和喝酒的店铺，其功能更是社会性的——像教堂一样，酒吧往往是一个社区的中心，甚至是标志性建筑。英国酒吧文化如此深入民间，与文学也有着不解之缘。诗人乔叟创作《坎特伯雷故事集》时，英国的文学和酒吧已经密不可分了。著名剧作家莎士比亚常边喝啤酒边写剧本，莎翁戏剧的正确打开方式则应该是在环形剧场的烛光下一边呷着啤酒一边看著名小说《1984》和《动物农场》的作者乔治·奥威尔在自传体小说《巴黎伦敦落魄记》里描绘的，在伦敦流浪汉生活里依然必不可少的是酒吧及其廉价的艾尔酒。由此可见，酒吧是标准英国生活的一部分。在酒吧出口的左边，码头的右边有一栋粉红色的楼房，据说是狄更斯曾经居住过的地方，这里已经被开辟成了狄更斯的故居。但是我们来的时候，正关门谢客，很遗憾没能进去参观。

夜色中的狄更斯酒吧

今年的 2 月 7 日，是狄更斯诞辰 200 周年的日子，这又让我想起了这个酒吧。狄更斯在酒吧里写下了一段让人铭记的文字："这是最好的时代，这是最坏的时代；这是智慧的时代，这是愚蠢的时代；这是信仰的时期，这是怀疑的时期……"这耳熟能详的句子更像是在写今天的世界。记得第一次来这里，是一个寒冷而阴湿的冬季黄昏，那天我们到帝国理工学院访问后，利用周末到市区观光浏览。从嘈杂喧闹的伦敦塔来到这样一个安静得散发着中世纪幽香的港湾，站在酒吧门前的广场上，好好享受眼前的一切，放松一下疲惫的身体，深吸一口湿润的伴着花香和海腥味的空气，反而没有马上走进眼前这幢躺在黄昏夜色中的酒吧里的意思。进去的时候，可以看到四周熏黑的墙上挂满了也已熏得发黑且泛着亮光的人物、景色等不同格调的油画和名人的笔迹。慢慢地欣赏并用眼光抚摸后，可以体会到英国人的守旧与传统。来这儿的常客，大部分是伦敦当地的市民，这里安静，朴素，兼有一种古老诗意，也正符合英国人的心情。都说英国人喜欢在过去的时光里浸泡自己，或者去抚摸发黄了的岁月，一边怀旧，一边确认，正是这间酒吧的调子。当你想到这儿的时候，也就会理解在乡下的静谧小镇上，透过午后斜阳照射的窗户，看见一位老人或年轻女孩手捧一本厚厚的书，在历经百年的石头房子里，沉浸其中的美丽画面。酒吧里人不多，我们要了几杯啤酒，在一个靠窗的位子坐下，桌子是由几根厚重而粗大的木头做成的，很有些自然而原始的味道。黑亮的柜台后面，有一位穿着白衬衣系着黑色蝴蝶结的服务生在忙碌着。水晶酒杯、木制酒桶和不同颜色的酒瓶，泛着晶莹而亮洁的光，那玻璃后面发出的琥珀色，让人有种说不出的愉悦感。人们脸上的表情总是很优雅，看上去像是一本优雅的书，也许这就

在散发着中世纪幽香的酒吧中雕刻时光

是几百年以来的沉淀。有的是一个人，端着酒杯望着窗外，也许他在回味着过去的荣耀与时光，就像一尊雕像。有的是两个人，默默地看着对方，一言不发。有的人手中拿着一份报纸，在埋头读着。吧台上那位穿着白衬衫、系着蓝围裙的年轻小伙子正给坐在吧台对面的几个人倒酒，一切都是这么有条不紊地静静地进行着。

第二次来这里是又一年的秋季，我们在阿什里奇商学院学习。也是一个周末的晚上，我与温文尔雅、操着一口流利英语的国际勘探公司的副总经理侯洪斌先生、在帝国理工学院当教授的优雅的王仰华先生以及一位在利兹大学读书的朋友郝先生的女儿一起在这里用餐。我们直接到了三楼，舒缓的音乐流淌在古老的岁月里，温情的灯光肆意地泻在还洋溢着朝气的食客们的脸上。选位子时，侯先生讲应在大厅的中间位置，让英国人知道我们中国人是开放的和阳光的。果真我们在大厅的中间选了座位，点了什么菜已经忘记了，但那种惬意的感觉至今还在。席间，我们四人一边喝着啤酒一边天南地北地聊着，不那么正式，也不那么刻意。回味起来，很受用的感觉，好像时光就停留镌刻在那里。狄更斯当然不会想到，当年他一边端着酒杯，一边写着小说喝过酒的酒吧，100多年后，会有一些从东方来的黄面孔的人，也会喜欢它的黑，喜欢它的气味，坐在他曾经坐过的地方，喝着他曾经喝过的酒。

写于 2012 年 2 月 7 日

修改于 2020 年 3 月 26 日

秋色中的阿什里奇

阿什里奇商学院位于英国赫特福德郡的伯克姆斯特德镇，在伦敦西北部的森林园地中。校园曾为英国皇家庄园，已有700余年历史，是英国国家级的历史文化遗产及名胜古迹，学校因庄园而得名。此庄园最早建于1283年，原为修道院。16世纪时，亨利八世国王改建为皇家园地，并将其赐给他的儿子爱德华六世，后又转送给了伊丽莎白一世（爱德华六世之妹），她在成为女王之前，在此度过了她的童年与青春岁月。此后阿什里奇庄园一直是历代王公贵族的私人官邸。直到1928年，庄园的最后一位贵族才将其赠予英国保守党作为培训机构。在"一战"和"二战"期间，阿什里奇还作为临时医院拯救了无数人的生命。1959年英国数家精英企业，壳牌、联合利华、吉尼斯等集资将阿什里奇庄园建成阿什里奇商学院，成为世界上最早的商学院之一。阿什里奇校园风景秀丽，她的美貌令人叹为观止。她与大片的国家信托园地相邻，茂盛的森林中耸立着参天古树，点缀着奇花异草，与绿绒般的广袤草坪上屹立着的尖顶教堂、塔楼和城堡构成了一片宏伟的哥特式建筑群。由于年代久远，墙体斑驳陆离，似乎在诉说着那些美好动人的过去和权贵崇尚奢华背后倾轧的血腥。维多利亚风格以及各类欧式花园，植有数不清的玫瑰与香草，优雅静谧的环境宛如一处世外桃源。晨霭暮色时分，众多野生动物出没于此，野鹿、狐狸追逐觅食，漫步嬉闹，实乃秋色中的阿什里奇一道亮丽的风景。假如陶渊明目睹此景，不知可以写出怎样的诗句。

阿什里奇商学院在最古老的校园中为现代企业的高级管理人员提供最先进、最创新和最实用的专业化高级管理培训，成为培养全球商

暮色中野鹿在觅食（赵培录 摄）

业精英的摇篮，这也是它成为最早的独立商学院以来一枝独秀、卓尔不群的原因。2007年秋季，中国石化总部和部分企业的20位管理人员来到这里，接受为期三个半月的战略管理、领导力、企业经营与可持续发展方面的培训。我作为其中的一员经历了这个别开生面、吸收知识、丰富阅历的过程。课程设计与宗旨的真正价值体现在它对企业、管理者和领导者所产生的实际效果和影响上，重视理论知识高效转化为行动能力的过程，以便能够帮助个人和企业有效应对各种管理和企业发展过程中的挑战。培训中多层面开发个人潜能、体验式学习、现场案例和商业模拟等，让人受益匪浅。阿什里奇的教师不是传统意义上的学者，他们除拥有学术资历外，大部分都有着广泛的跨国企业管理经验。他们中有三分之一来自英国以外的国家，有三分之一为女性，他们熟悉跨文化工作的特性，具有全球化的视角。这就使他们能够帮助客户和学员应对日常面临的实际问题和挑战。

晨曦中的阿什里奇

培训的过程跨过了整个英伦的秋季。目睹与浸泡于秋色正浓的原野与森林，深吸清凉干净的空气，漫步于起伏的绿丘草坪，身临其境地学习并感受英国的历史与文化，那古老的建筑、精致的装潢、优雅的雕塑、泛光的油画和浑厚的钟声屡屡唤起再度沉浸其中的渴望。其间发生的几件有趣的事情十分让人回味。第一件事是10月1日是我们国家的国庆节，学校方面特意通知，将在主建筑上方升起并悬挂中国国旗——五星红旗。要知道来此培训的不同国家的学员很多，他们在中国的国庆节这样做了，我们感到了被尊重和自豪。这一天早晨，我们全部学员身着正装，在升有五星红旗的主建筑前合影留念，并高唱国歌。

第二件事就是用餐。阿什里奇有别于传统商学院的理念之一就是视学员为客户。故学校为学员提供星级酒店式服务，包括餐饮、住宿、娱乐设施等。学院的西餐厨师技艺精良，烹制的食物美味多样，连续多年获得英国餐饮行业的金奖。但我们天生是中国肠胃，吃不惯这些西方美食，没几天就让我等的肠胃闹毛病。部分学员还到十几公里外的小镇上去找中国餐馆临时解决吃饭问题。但由于培训时间太长，也不能天天到外面，且时间有限还有费用的问题，个别学员就试图到厨房教厨师做简单的葱炒鸡蛋之类的中国菜。但遭到了拒绝，理由是厨房不能随便进入，必须要到有注册资格的体检中心检查身体，合格后方可进入厨房，而且进入前要消毒，穿好工作服及戴好帽子。但因临时起意我们没有准备工作服，学员只好在外面边拿食物比画，边教对方炒制程序，但大师们到最后也没有炒出一个像样的中国菜。无奈之下，校方决定让一名厨师和一名助理专门飞到香港学习如何做中餐。两周下来，做的中餐中不中、西不西，也没有解决学员们吃好饭的问题，真难为校董会的董事们了。

第三件事是关于凯尔(Care)女士。凯尔是一位典型的英国妇女，四十多岁，中等身材，微胖，面相和蔼。她专门负责住

秋色正浓

宿地以及课间的各种水果、干果、茶水等的供应及管理工作。早上去上课时，经常能遇到她提着水果和用具到我们住地来。每次见面，我们互相打招呼，很是热情，并开玩笑说如果忘掉她的名字，想起小汽车来就好了。有时，她停下来，与我谈几句天气，无非是今天天气很好，空气很清新，今天有了阳光，今天下雨了，等等，而且每一个句子不紧不慢，很是优雅。我那磕磕绊绊不利索的英语有时说得节奏、声调不对，可能听起来不舒服，她还会给我纠正，很是有趣。就这样，

我此后遇到她，也慢慢地一个节拍一个节拍地讲今天的天气如何如何。她就会给我讲："你的英语进步真是太大了，祝贺你。"听完我心里美滋滋的。我看在阿什里奇的校园中，有许多花草和成熟的南瓜。有一次问她，能否帮我找一些南瓜、花草种子之类的东西，她满口答应，并表示可以去找，而且她的家中就有南瓜种子。过了几天，她还真的给我带了各种籽来，用不同的纸分成了几包，外面还做了标注。我很是感谢她，便送给她一位同学转赠给我的中国丝巾，她很高兴地收下了。我把这些种子带回国，来年种在阳台上，南瓜藤爬满了整个楼的墙面，给邻居家遮挡了阳光。南瓜结了不少，但由于是种在花盆里，地力及养分不足，个头不是很大。葵花倒是有不错的长势，黄黄的太阳花开在窗前，漂亮极了，看上去像极了凡·高笔下的《向日葵》。每次看到此景，我便想起了凯尔，想起了秋色中的阿什里奇。

写于 2012 年 2 月 10 日

海格特墓园中的马克思

129 年前的今天，在英国伦敦城北的海格特公墓里的山坡上一块偏僻荒凉的角落，恩格斯为他的战友 —— 哲学家、思想家、马克思主义学说的创始人之一马克思发表演说："3 月 14 日下午两点三刻，当代最伟大的思想家停止思想了。让他一个人留在房里不过两分钟，当我们进去的时候，便发现他在安乐椅上安静地睡着了，但他已经永远地睡着了……" 睡着了的马克思不知道，在 1999 年由 BBC 主持的一项"谁是影响二十世纪的十位名人"的调查中，广泛投票的结果 —— 他名列榜首。

对于出生于 20 世纪 60 年代的人来讲，其少年时代，对马克思的名字可谓如雷贯耳。对于我这样一个 20 世纪 80 年

墓园中马克思的雕像

代加入中国共产党、受过高等教育的人，对马克思主义学说并没有做过深入的学习与探讨，大体知道他的两个伟大发现，即人类历史的发展规律和剩余价值规律。正如恩格斯所说，发现其中之一就是很了不起的事了。况且马克思还在数学、哲学等方面有杰出的建树。慢慢地人到中年，对马克思的感觉中，又多了一分敬重与怀念。我有时在想，马克思应该定位为一位学者，他首先是一位学者，一位伟大的哲学家，因而研究马克思及其学说应持有一种平常的心态。上中学时对老师和课本上讲的"哲学是自然知识和社会知识的概括和总结，是世界观和方法论的统一"不是很理解，现在想来，世界上一切科学和自然力以外的事物都可以用哲学来理解，我似乎一瞬间顿悟了。

　　带着这些思绪与疑惑，我走进了伦敦城区北部海格特小山上的一座幽静的公墓。公墓门口摆放着一些资料，如介绍公墓的小册子、马克思等人的生平介绍等。每人收费3英镑。公墓占地15万平方米，约有5万座墓碑。在长眠的人中，有许多著名的科学家、思想家、文学家、诗人、艺术家等，如法拉第、艾略特等，马克思也长眠于此。在他的对面不足3米远的地方，是19世纪哲学家、著名社会进化论者赫伯特·斯宾塞（Herbert Spencer，1820—1903）的墓地（20世纪初，斯宾塞的社会进化论被严复引入中国，声名的传播还早于马克思）。在此长眠的人们没有宗教信仰的差别，没有穷人、富人的差别，也没有英国人与外国人的差别。据说墓地是私人所有，而非马克思先生所倡导的公有制产物。但因为马克思的加入，而使这里变得更加有名气了，据说来自中国的游客较多，守门人看到我们，都会心地一笑。

墓园中古树参天，绿草茸茸，青藤爬满了松柏，宁静中透出一种神秘和肃穆。马克思的墓位于一条小路的拐弯处，墓碑由头像和底座两部分组成，底座是两米多高、一米见方的方形浅色花岗岩。碑的正面上方镌刻着"全世界无产者联合起来"，再下面是"卡尔·马克思"几个镏金英文。下端是《关于费尔巴哈的提纲》中的结束语："哲学家们只是用不同的方式解释世界，而重要的是改变世界。"墓碑正中下凹的白色大理石，上面以时间为顺序记录了每位故人的生卒年月。碑的两侧各镶一个雕花青铜环，前英国皇家雕刻学会主席劳伦斯·布莱德亲自雕刻的马克思的铜铸头像安放在碑顶。头像高约 1.22 米，头发蓬松，目光深邃，美髯浓密，栩栩如生。我们几人结伴而来，看到碑前放有几束不太新鲜的花束，说明不久前有人来过。墓后是一片高大的乔木林，枝繁叶茂，生机盎然，前面是一小方草坪。面对铜像，我们深鞠一躬，并静静地在这里坐了一会。起来时，举目望去，发现在墓地的一角，在有大堆鲜花与花环的地方竟然有镰刀、锤头组成的醒目图案。我们走过去，静静地看着，鲜花与花环覆盖在地面上，上方的图案也是由红色和黄色的鲜花组成。这也许是一座新墓，但看不到墓碑，也不知墓主人姓甚名谁、来自哪一国度。这一景象，让我们惊诧不已，也许她（他）是一名忠诚的共产主义战士，也许她（他）是一位坚定的马克思主义者，葬在海格特的公墓，长眠在马克思学说的创始人身边，应该是她（他）最后的心愿。如今，她（他）的心愿实现了。

1956 年 3 月 14 日，在马克思去世 73 周年之际，由世界各国进步团体和个人捐款，在马克思墓前竖立了永久的纪念

墓园的一角

碑。我们都知道，当年马克思曾被联邦德国特里尔议会宣布驱逐出德国。有意思的是，近年来，特里尔议会屡次要求英国当局归还安葬于此的马克思遗骨，并准备把他安葬在特里尔市的马克思故居附近。

哲人已去，伫立在马克思的墓前，想到100多年来，国际风云变幻莫测，假如马克思在世，他也肯定会与时俱进，有新的理论问世吧？

写于 2012 年 3 月 17 日

牛津——英伦雅典

据说"Oxford"被译为"牛津"，是英译汉中最优美、最贴切的词汇之一。这个国人听起来也很生动的地方被认为是大英帝国的瑰宝。这里是泰晤士河谷的主要城市，传说是古代牛群涉水而过的地方，因而得名。而现在，她是一座历史悠久、文化灿烂的大学名城，被人冠以"英伦雅典"之美誉。是的，她不仅是英国著名的旅游胜地和牛津郡的行政中心，更重要的是她是几乎占了城区一半的牛津大学所在地。自12世纪以来，这里已是一个重要的教育中心，从欧洲大陆与其他地方来的学者定居于此，并在此讲学与研习。其实，在12世纪之前，英国是没有大学的，人们都是去法国或其他

牛津大学校园

国家求学。1167 年，当时的英格兰国王同法兰西国王发生争吵。英王一气之下，把寄读于巴黎大学的英国学者召回，禁止他们再去那里求学。另一说法是，法王一气之下，把英国学者赶回了英国。不管如何，这些学者从巴黎回国，聚集于牛津，从事宗教、哲学等的教学与研究，这实际上就是牛津大学的前身。那为何学者们会在牛津聚集而非他处？一个重要的原因是当时的亨利二世把他的一个宫殿建在这里，学者们为得到国王的保护就来到这里。但直到 1201 年，她才有了历史上的第一位校长。在八百余年的历史长河中，牛津一直是英国乃至世界的顶尖学府。牛津大学在那随时散发着文化与艺术气息的"矗立着无数的梦样的塔尖的那座甜蜜的都城"，像一位气势非凡的贵妇，遥望着东南方 85 公里外的伦敦。

我有幸去过那里两次。第一次是在英国学习期间，有一门培养团队协作的划船课程，我们从伦敦的赫特福德郡的伯克姆斯特德镇来到这里的泰晤士河段学习划船。每年的春夏之交，剑桥与牛津都要举行一年一度的划船比赛，这已经成为两所学校的重大事件之一。100 多年来，年年如此。由于泰晤士河与查韦尔河在这里汇合，且水流平缓，使得这里成为从事这项运动的绝佳地。而且莫德林学院拥有许多赛艇高手，名扬四海。我们乘大巴出发，不到一小时，就到了牛津大学的划船培训中心。中心位于一个体育场的西北角，干净整洁，设施齐全，具有实战模拟的水池和划船水道。学生以及老师们被分成 3 个组，每个组 9 人，其中旗手 1 人、操桨手 8 人。每组 8 个运动员根据体力、身高、耐力等做赛船不同位置的编排与对接，因为不同的位置有不同的作用。旗手在船尾，负责喊号观察、判断分析以及发出指令。教练雷克斯·巴克先生是一位和蔼亲切的南部英国人，在他的执教下，我们开始训练。首先每人穿上救生衣，戴上护手套，按顺序依次登船。船身长约 10 米，宽 0.4 米，是由玻璃纤维等整体冲压而成。据说此前是由整棵树雕琢而成。一号位是队长，在船的最前端，由个子不高的来自安徽石油的方启来总会计师担当，其余由前而后分别排列。拿好桨板，摆好姿势，旗手郭紫秋（对外经贸大学老师）依次喊出"入水""划水""出水"等指令。教练详细指导如何做这些动作，要求每个学员握桨入水角度要一致——大约是 30°，桨入水后迅速变换角度，与水面垂直，以利于划水时处于最佳用力的角度。划水后，又要迅速把桨调整到 45°出水角度，然后又回到入水前的姿势和动作位置，这样就结束了一个划水的周期。8 名队员必须在旗手的带领下，动作一致，团结协作，才能划出好成绩。如果

人·河·船·码头（王晓宇 摄）

入水或出水动作、角度不一致，船体就会倾斜，船体不稳，就会偏离航道，出现前进速度慢等现象。这时，旗手要仔细观察，斟酌问题所在，随时下发调整口令。前进训练后，又开始进行船体停止、调头、减速等科目的训练。一个上午结束，大家虽感辛苦、腰酸腿痛，但谈笑中洋溢着喜悦和满足。

简单午餐后，我们便出发前往河畔的赛艇划船比赛场地。赛场看起来很美，静静的河水上面，几群野鸭嬉戏不已；对岸是郁郁葱葱的树林。场地分为两层，上层观看比赛用，前为露天，后为休息及餐饮室；下层用于存放赛艇。此时的"运动员"们，兴致高昂，手忙脚乱地跑到库房把船扛到河边的船坞。激动着、跳跃着、渴望着，也紧张着，准备以身"试水"。开始的"试水"不是很顺利，不是左倾，就是右斜，总偏离航道。旗手吹着哨子有些着急，但仍然有条不紊、持之以恒地指挥大家。雷克斯·巴克教练则耳提面命地纠正与指导。一番折腾后，总算是步入正规，船体平稳，速度也快了起来，最高时速可达30多千米。3个组的学员也都兴高采烈了起来，欢呼声此起彼伏，一身的疲倦早已被抛到九霄云外，并跃跃欲试要进行一场划船比赛。当落日的余晖倾洒在这古老的牛津城里、泰晤士河面的时候，哪个能忘记这美妙的经历？

我与牛津的缘分还在于曾经在牛津大学的埃格鲁公园的多维商学院进行过系统的商务案例培训和模拟训练。埃格鲁公园大学是一座很大的开放式的由树林组成的院落。树林中可见不同格调的建筑。正值秋季，满地的落叶把甬道与草坪铺成了金黄色。课余时间，慢行于草地和两旁由桉树护就的甬道，有婉转悠扬的鸟鸣及动作敏捷的松鼠、野兔等小动物相伴，不能说让人乐不思蜀，却也让人乐在其中。大学没有

森林中的牛津埃格鲁公园大学

围墙且连个正式招牌也没有。漫步于城中，楼房的尖塔在烟雨蒙蒙中若隐若现，发暗的石墙上爬满老藤，稀疏的绿叶中绽放着各色各样的花朵，让小城越发显得古朴素雅，故而英国有一句"穿过牛津城，就如进入历史"的民间谚语。是的，英国人把牛津比作雅典，就是当作一种传统、一种象征、一种怀恋和追寻。尽管参观有的学院时，建筑外墙有一种荒凉与寂寥的景象与感觉，但她是保留了中世纪修道院的模样，体现了传统、守旧但也有创新精神的牛津人的思古情怀。

这座产生了11位国王（其中6位英国国王）、47位诺贝尔奖得主、53位总统和首相（其中25位英国首相）的著名学府，其教学特点是实行"导师制"。学生的导师由研究人员担任，他们是在各自的领域有建树的学者。学生每周必须与老师见一次面，将自己前一周的研究进展与见解讲给老师听。一周一次，雷打不动，可见牛津学子压力之大。我在帝国理工学院认识了一位中国的在读地球物理的研究生 RY 同学，她毕业于清华大学物理系，沉静含蓄，做事有条不紊。言谈中得知，她起初在牛津读研究生，后来转到帝国理工就读。

牛津的严谨、独立也是有目共睹的，据说一位名叫劳拉·斯彭斯的高中生申请牛津大学格德朗学院被拒。斯彭斯在一所公立学校就读，很有天分，各方面表现都很突出。从媒体处得知此事的布莱尔首相为其说情，竟然让牛津校方震怒，认为首相是在干预牛津事务，立即发表声明取消了原本已决定授予他的荣誉博士学位。无独有偶，更早前牛津大学一位捐赠人向学校捐赠 1500 万英镑兴建一幢教学楼，捐赠人计划用英国前首相撒切尔夫人的名字命名，但此举引发了激烈争议，最后校方不得不取消这一计划。在我看来，也大可不必。撒切尔夫人本身就是牛津大学的校友，又是世界知名人物，有一幢以她名字命名的教学楼也算是融入了牛津的历史。

写于 2012 年 3 月 17 日

修改于 2012 年 4 月 8 日

航行在英吉利海峡

英国与法国这两个曾经打了几百年仗的冤家对头，由大西洋的狭长海峡把两国分隔开来。这条狭长的海峡就叫英吉利海峡，法国人称作拉芒什海峡。英吉利海峡是大西洋的一部分，西南最宽达240千米，东北最窄处直线距离33.8千米，年平均水温13.6℃。它实际上是分割大不列颠岛和欧洲大陆的狭窄浅海，也是欧洲最小的一个陆架浅海。原欧洲大陆和大不列颠岛相连，海峡是在阿尔卑斯造山运动中发生断裂下沉，被海水淹没而形成的。时至今日，海峡地区仍在沉降。一眼望去，海峡两岸垂直陡峭，散布有大大小小的很多岛屿。著名的旅游胜地和度假天堂怀特岛就在离朴次茅斯不远的地方。海底多是海流带来的沙砾沉积物和岸壁崩落的碎石，有些地段裸露的是白垩纪和更晚些年代的致密岩层。由于潮起潮落（最大潮差可达13.5米），海水的不断冲刷，岸壁崩落，致使海岸持续后退。在最窄处两边是法国的加莱市和英国的多佛尔市，自20世纪70年代中期起，英法两国就同意建造

"大不列颠"号上的水手（郭紫秋 摄）

一条穿越英吉利海峡的铁路隧道。其间建建停停，停停建建，直到 1994 年的 5 月，一万多名工程技术人员经过多年的辛勤劳动，花费 150 亿美元，才把拿破仑 200 多年前的梦想变成了现实，滔滔沧海从此"天堑变通途"。

在英吉利海峡这一发生过无数次战役的地方学习航行，是源于我们 MBA 课程中设计的一个项目，就是学习航海技术。出发前的几天，老师就把我们这次航行所在地区的海象图、海流图、气象图等分发给学员，以便大家提前学习了解。那天出发较早，经 3 个小时的车程我们到达了英国南部著名港口城市朴次茅斯，在这里用过午餐后，我们便分成两个队由港口码头登上各自的帆船。我们这一组的帆船为"大不列颠"号，是一般电力驱动船，是单桅无甲板的纵帆船，船体长约 15 米，宽约 3 米。帆为橘黄色，外形为三角形，其前缘固定在桅杆和随着帆一起沿着桅杆升起的上桅上。登船后，教练雷克斯先生开始了训练工作，我们每人都穿好救生衣，依次坐在船舷、船头不同位置细心聆听。教练先讲了总体要求及原则，比如听从指令、如何逃生等，然后便开始讲解与安排操作帆船的不同岗位、分工及要求。总体上讲，课程的目的是最终由学员自行驾驶、操纵帆船，并在航行的某一目标区域绕行 3 个目标浮物，然后安全返回朴次茅斯港。岗位很多，大致有领航员、舵手、水手、备勤等，领航员要观察风向、水流等条件，为舵手服务；舵手通过操纵船舵柄，来保持和改变方向（帆船的实际航行方向与推拉舵柄方向相反）；水手则操纵稳向板，需要几个人在调头、减速、调整方向时用力松开或拉紧绳索，是一个力气活，同时要观察风帆的方向，控制松开与拉紧的速度。三角形帆的最上端有 3 条并列的丝质飘带,假如3条飘带处于平行放飞且垂直于帆的位置的时候,是帆船航行的最佳位置,此时船速最快。而要做到这一点,水手起关键作

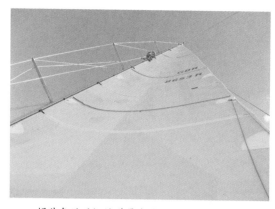

橘黄色的风帆被学员奋力升起（赵伟 摄）

用。不同的岗位过一段时间就轮换,每个人在不同的岗位上都得到了训练和提高。到了最后,好像也不轮换了。济南炼厂的赵培录厂长似乎是一个最佳的舵手,只要他操纵船舵柄和副船舵柄,船行驶得就很稳当,他那副认真而执着的样子,俨然是一位好船长。而我做水手则很顺手,尽管出力大、用力猛,但操纵稳向板进而调整风帆方向很是在行。正如武汉石化总经理崔光磊在课程结束后的讨论会上谈到的,无论是船长、水手还是领航员,每个人都应该找到自己合适的岗位。由于大家很努力,大约两个小时后,帆船便航行自如了。远远看去,另一组队员也得心应手。两个船队开始驶向更宽阔的海域,那是3个红色的浮漂状目标物,我们的任务是要从不同的方向绕过每个障碍点,且最好用时较少,这需要大家的协同配合和良好的应对能力。经过第一个目标时,大家应对还有些不熟练,转弯的角度太大,风向调整不及时,费时不少。船行到下几个目标时,就比较顺利了。实际上,帆船不能顶风前进,"之"字形航行是最佳的选择。当然这些要

由舵手、水手共同掌握，判断哪种航向受风为最佳，这些经验与技术需要积累与总结。

　　帆船运动需要风、水、人和船四者完美结合，这种运动充满了活力。我们的帆船航行在英吉利海峡应是一道美丽的风景。此刻我体会到这项运动是耐力和意志品质的展示，也需要海洋、气象、地质地理、水文、探险等方面的综合素养。这项集竞技、娱乐、观赏、健身、探险于一体的运动在中国已逐渐推广开来，受到越来越多人的喜爱。

写于 2012 年 4 月 5 日

城堡中的王后——利兹

在伦敦期间的一个周末，我去了可爱的利兹城堡。这座已有上千年历史的城堡，在 13 世纪成为皇家别墅以后，按照当时的皇家习俗，历代新任国王都会把利兹送给王后，王后们对这座静谧的乡间别墅宠爱有加，故而城堡里的一切洋溢着浓郁的女性气息，因此又被称为"王后的城堡"。因她在英国建筑史上享有盛名，又被誉为"城堡中的王后"。

来这里游览之前，我们去了位于泰晤士河畔的"伦敦眼"，它是为了迎接新千年的到来而建设的，被称为伦敦新地标。原以为登上这个巨大的摩天轮花费不了很多的时间，购票后才发现，排队的人已摆起了长龙，无奈只好耐心等待。从天上旋转一圈鸟瞰伦敦全景后，已是下午三时多了，乘车赶到位于伦敦东南部享有"英格兰花园"之称的伦河河谷中的利兹城堡时，已是近下午五时。按规定，闭园时间到了，不再允许新的游客进入。我们有些失望，望着湖泊中央矗立着的十分优雅且充满了梦幻色彩的城堡，还是不甘心地到售票办公室恳求工作人员放我们进去一饱眼福。在讲明我们从遥远的中国慕名而来，要是不能游览一番，必将给我们留下深深的遗憾后，工作人员便决定延长一个小时专门为我们开放服务，并打电话与管理人员、讲解人员等讲明情况，我们一行 3 人很受感动，也为没有事先查看开放时间和程序而造成很多工作人员晚下班一小时而不安。也许他们回到家后会给家人讲是由于 3 名中国人的缘故而回家晚了吧；也许他们会为自己国家的历史与文化受到来自遥远国度的人的青睐而自豪吧。

进入大门，穿过一片不大的树林后，前方便是豁然开阔的草坪（也是高尔夫球场）和砂石沥青铺就的约有 2 米宽的小路。草地上可见悠闲的孔雀和优雅的黑天鹅在觅食、闲逛，见到我们还伸长脖子、张开翅膀，做出欢迎我们的姿势。再向前走，便可见到秀美的湖水，利兹城堡就像一位雍容华贵的王后伫立于水的中央，与矗立于山顶的城堡相比较，少了些阴森与威严，多了些梦幻与柔美。斜阳倾泻于美丽的湖面，也给这座有着上千年历史的城堡披上了迷人的金纱。一座由花岗岩建造的古老的石桥连接着堤岸与古城堡。据说城堡始建于 1000 多年前，初为木质结构，后来经过不断的翻修、改建、扩建，于 800 年前的

种植在花园中的南瓜

70

13 世纪，由一位朝臣献给当时的国王。之后成为皇族们休闲游乐的乡间别墅，同时也是躲避刺杀、战乱、瘟疫的避难所。16 世纪中叶，有一位爵士在平定爱尔兰时立下赫赫战功，当时的国王爱德华六世忍痛割爱，把利兹城堡奖赏给这位功臣。直到 20 世纪 30 年代，城堡被出生于英国贵族家庭的贝莉夫人以 87.3 万美元买下并对城堡的结构和周边的环境进行了整修与美化，还建造了鸟舍，增加了花园。刚入园时优雅踱步的绿孔雀、珍稀的黑天鹅，就是这位夫人引进的新品种。

　　城堡的建筑由两个部分构成。一部分是保留着中世纪风格的作为防御工事的水上城堡，另一部分则是位于湖东侧的颇具乡村气息的考尔佩珀花园、有着地中海风格的贝莉夫人花园和一座以紫杉树为主的紫杉迷宫。城堡的主体是主人活

温馨而不奢华的王后卧室一角

动的主要场所，卧室、宴会厅、会客厅、图书室等皆对外开放，位于画廊和小教堂之间的宴会厅装潢华丽，凸出的窗棂安装于 1517 年。栎木天花板和乌木地板是贝莉夫人从法国精心挑选而来，17 世纪意大利式的长条木桌据说来自一个修道院，16 世纪法国风格的壁炉架上面刻有半身人像浮雕，壁炉台上放着一个 17 世纪地中海风格的花瓶和一个镶有珍珠的大杯，炉前有一组 15 世纪意大利的扶手椅，墙上挂着 16 世纪的巨幅挂毯和亨利八世的画像。经过走廊来到客厅，里面的家具是 17 世纪到 18 世纪的英式风格。讲解员特地介绍了厅里摆放的精致的中国瓷器，有康熙年间的两盏蓝白色台灯、一对乾隆年间的胭脂红鹰雕和 5 个胭脂红落地花瓶。再向前走，经过木制走廊进入一个起居室，四扇巨大的由紫檀木制作的中式屏风映入眼帘，上面镶嵌有用贝壳以及各种不同宝石做成的花篮、花瓶、祥云和吉祥物。中间的两幅楷书，庄重大方。看来在那个时代，英国的皇家贵族对来自中国这个遥远国度的文化情有独钟。女王卧室里那张洁白的锦缎睡床不是过分奢华，淡红色的窗帘垂到地面，整个房间透着洁净舒适的暖意。浴室中还放有一个大大的木盆，上面白色的纱帘垂下来，那种若隐若现的美，伴随着宫廷乐曲，仿佛要把过去的岁月都呈现在你的眼前。需要特别提到的一点，是那个不是很大的露天庭院。院子中间一个长方形的浅浅的水池，中央的四个圆盘盛满了水，汩汩地流个不停。西下的阳光在此时泻在园中，通过水将光影反射到斑驳的石墙上，有种亦真亦幻的美。

　　只可惜，时间有些仓促。当我们匆匆从贝莉夫人花园走过的时候，千姿百态、五颜六色的花朵正在努力地展示着自己的芳姿。假如上午来，可以漫步园中，静静观赏，走累了，还有英式下午茶与园中自制的葡萄酒可以享用，闲坐在那里，应该会是另外一种风情吧。

写于 2012 年 4 月 8 日

凄婉风笛声中的爱丁堡城堡

苏格兰风笛并非起源于苏格兰。一说它起源于古罗马，也有人研究后认为它起源于中东或中亚。至于风笛何时被传到不列颠群岛也颇有争议，不过在英格兰挖掘出土的罗马时代风笛吹奏者的小雕像表明其有由罗马人传入的可能性。如今，人们一提起风笛，就会像想到威士忌、高尔夫以及格呢裙一样，自然就会想到苏格兰。风笛音色淳朴厚美，其声音穿透力强，持续时间长，特别是持续低音富有伤感的特色。当那伤感的风笛声在苏格兰高地的群山与峡谷间回荡时，凯尔特人才真正为自己的灵魂找到了归宿。在荡气回肠、挥之不去的凄婉的旋律中，我曾两次来到有上千年历史、体现着整个苏格兰精神风貌的爱丁堡城堡，感受风笛声中那斑驳的文明，体会其中的荒凉与凄美、痛苦与沧桑，以及苏格兰人在与英格兰人漫长的斗争中表现出来的强悍和不屈。

从城堡门口向外望去的王子大道

爱丁堡城堡因为经历了太多的战争洗礼而显得沧桑、厚重，她至今仍是苏格兰精神的象征。它耸立在死火山上135

米高的花岗岩之巅，一面斜坡，三面悬崖。这种险要的地形是由冰河的东移及其冲刷四周坚硬的岩石而形成的。城堡的魅力，在于她古老的历史，她比我访问过的英格兰的利兹城堡早200多年，比温莎城堡早400多年，比德国的海德堡城堡更是早600余年（后两个城堡我也分别于2007年和2010年造访过）。最让苏格兰人自豪的还是爱丁堡城堡在政治和文化上的地位，因为她见证了苏格兰人的痛苦与忧伤、幸福与欢乐；在与英格兰漫长的斗争中，她也代表了爱丁堡人的强悍不屈的精神风貌。

参观的那天，刚好是大雨之后的浓云密布时分，我站在城堡中央的王宫广场，望见铅灰色天空中奋力露出的一缕亮光。微风吹过，空气湿润而清新，频繁的战争已成为遥远的过去与回忆，只有悠久的历史和现代文明带给我和周围人以舒心的享受。爱丁堡人当然也有自己骄傲的理由，爱丁堡大学是世界上历史最悠久的大学之一，16世纪时该校就开始建造十几层的高楼，那时的纽约只不过是一个小村庄和街头贸易地。

爱丁堡在6世纪时成为皇家城堡，1093年苏格兰的玛格丽特王后逝于此地，至中古世纪她一直是英国的重要皇家城堡之一。16世纪，荷里路德宫落成，取代了爱丁堡城堡的皇家住所地位，但她依然是苏格兰的象征。城堡分为下区、中区和上区。其中的圣玛格丽特礼拜堂（St. Margaret's Chapel）据说是爱丁堡城堡现存最古老的建筑。直至今日，当地叫玛格丽特的妇女们每周轮流在这里献上鲜花，打扫布置。礼拜堂中美丽的彩色玻璃描绘出圣洁的玛格丽特王后，据说礼拜堂是其子大卫一世于12世纪初建成献给母后的。16世纪的王宫建筑耸立在王宫广场的周围。广场的东边宫室是国王的起居室，里面有一间被称为"吉斯的玛丽之屋"，听名字就知道是和玛丽王后有关的古迹。雕饰豪华富丽的南侧大厅，至今仍向游人开放，并可以使用。我们参观时，正遇上里边举行酒会，西装革履的绅士和身着豪华礼服的女士在款款移步，优雅交谈。值得一提的是，为配合这些古风建筑，古堡城门口站岗的哨兵依然穿着苏格兰传统的服饰——最能代表苏格兰风情的方格短裙，佩戴短剑，以及黑色的无边软帽，雄壮威武。城堡门前的广场，是18世纪中期人们游行的地方。现在每年夏季的爱丁堡艺术节期间，都要在这里举行盛大的军队仪式表演，吸引着世界各地的游客。广场的东北角有一口女巫井，因为在一个多世纪前这里处死了那些被认为有巫术的妇女。城堡门口是维多利亚女王时期苏格兰最伟大的英雄威廉·华莱士和罗伯特的雕像，入口处两边分别放置一个巨大的火盆，熊熊火焰在雨后铅灰色的天空下跳跃着燃烧，是对故去战士的怀念还是象征着生命的不息？王子大道就在古堡广场之下，旁边是王子大道花园，园中风景如画，里面屹立着苏格兰著名文学家司格特的纪念塔。花园的绿地上有蜚声世界的苏格兰花钟，据说其图案由2.4万朵鲜花组成，甚为奇特。王子大街，也被称为"皇家一里"，是爱丁堡著名的街道。街道两旁，有许多皇家建筑，气势宏伟。从古堡广场走下来，首先映入眼帘的是建于1495年的哲尔斯教堂，造型宛如苏格兰王冠，4根大柱子据说在12世纪就已建成。教堂中的彩色玻璃和精美木雕令人赞叹不已。我们从城堡中出来，已近黄昏，在橘黄色灯光的映照下周边的一切分外妖娆。王子大街的两旁还有众多的艺术品和纪念品商店，古香古色，美轮美奂。尽头是圣十字架宫，原来是寺院的宾馆，后来整修为国王的行宫。直到现在，每年夏季国王还来此小住。

走出浓缩着自由、独立的古堡，思绪万千。带着这种思绪与惆怅，到了下榻的希尔顿酒店。换上传统

王宫广场上的国王起居室

的苏格兰呢绒短裙，腰挎传统的鹿角酒壶，喝着地道的威士忌，品尝着"哈吉斯"（Haggis，一种苏格兰传统美食，由燕麦、羊杂碎、板油和调料一起制成，塞满羊胃囊烹调而成，其美味令人惊喜），欣赏着传统的苏格兰舞蹈，忧伤而婉转凄美的风笛声又把我带回到了那铅灰色的浓云密布下的爱丁堡城堡……

写于 2012 年 4 月 12 日

洛蒙德湖

　　Loch Lomond——洛蒙德湖，苏格兰当地语言与英格兰还是有一些不同，Loch 即 Lake（湖泊）之意。洛蒙德湖是苏格兰最大的湖泊，位于苏格兰的高地南部，从苏格兰最大的城市格拉斯哥出发，只要走 28 千米就能到达湖泊南端宁静、优雅的古老小镇巴罗科（Balloch）。洛蒙德湖与我已参观过的尼斯湖有着不同的感觉。尼斯湖，深邃而冷漠，狭长而神秘，但洛蒙德湖的湖光山色，旖旎恬静，有一种亲近身心的力量，她以美丽的景色而被提名为英国最迷人的十处自然风光之一。天鹅、野鸭等近 200 种水鸟在宁静的湖面上潜水觅食、嬉戏打闹、"谈情说爱"。海鸥与鸽子在头

湖面上"谈情说爱"的天鹅、野鸭

顶上飞翔，岸边的它们或精心地梳理着羽毛或闭目养神，当你走近时，它们便上来向你问好、与你亲近。我蹲在岸边，伸出双手，加入它们嬉戏的行列，鸟啄到了我的衣服，啄到了我的手指，也啄到了我的心里，我有一种忘记了时间存在的惬意。

洛蒙德湖四周被山地围绕，南部近似三角形，面积 63.7 平方千米，湖水最深处达 190 米，湖中有近 40 个岛屿。湖水往南注入格拉斯哥城中的克莱德河。坐在这里，可以让人忘却世间万千红尘，又仿佛进入了《简·爱》《呼啸山庄》等典型的英国小说描写的湖边场景，充满了浪漫与神秘的气息。一位英格兰古代骑士，在洛蒙德湖边送给他爱人的情歌至今仍在世界各地传唱，那动人的旋律和爱情的悲伤触及人们的心灵。歌里唱道：

By you bonnie banks and by you bonnie braes,
在你美丽的湖畔，在你美丽的山坡，
Where the sun shines bright on loch Lomond.
阳光明媚地照在洛蒙德湖上。
Where me and my true love were ever wont to gae,
我和我心爱的姑娘久久不愿离去，
On the bonnie, bonnie banks o' loch Lomond.
在那美丽、美丽的洛蒙德湖畔。
'Taws there that we parted in yon shady glen,
我们分别在绿荫蔽日的山谷，

On the steep, steep side o' Ben Lomond.

在洛蒙德湖那陡峭、陡峭的岸边。

Where in deep purple hue, the hieland hills we view,

我们看见高地的山岳笼罩在紫雾中，

And the moon coming out in the gtoamin'.

月亮在黄昏的微光中升起。

曾经偶然看到由吴霖先生所著的《亦庄亦谐的杨宪益》一文中提到了中国著名的翻译家——《红楼梦》英译本的译者、外国文学研究专家、诗人杨益宪，并记录了他于 20 世纪 30 年代在英国留学期间，和他的英国女友也是后来相濡以沫的妻子戴乃迭来洛蒙德湖徒步远足的故事。杨先生钟爱徒步旅行，尤其喜欢苏格兰的高地和湖区，前后徒步到过这里三次，

愿心境如湖水般干净清澈幽静永远

80

往往只带一只软式的背包，通常每天走三四十公里，而且他对这种斯巴达式的健康消遣活动乐此不疲。有一次他又到了英格兰北部湖区，不过这一次同行的有他的女友戴乃迭和刚刚抵达英伦的萧乾。据杨益宪在他的回忆录《漏船载酒忆当年》中记载，那是 1939 年的春天，那一次的徒步旅行他们迷了路，多走了很多的冤枉路。当时他的女友戴乃迭又累又饿，竟然大哭起来，他们为了鼓劲儿，就用最大的嗓门唱歌，所唱的曲目有《安妮·萝莉》，还有上面提到的《洛蒙德湖》，那一天他们大约走了四十多公里，才终于到了目的地。他们当时确实是走得筋疲力尽了，不过这次徒步旅行的经历，给他们留下了美好的回忆。当时杨 24 岁、戴 20 岁，萧乾稍微年长一些，也只有 29 岁。这件事情杨先生记得如此深刻，不仅因为这是他和戴乃迭的初次远足旅行，而且因为他非常喜欢当年所唱的歌曲中的《洛蒙德湖》，且是终生的喜欢。有鉴于此，70 年后的 2009 年，作为杨益宪最喜爱的歌曲，《洛蒙德湖》又出现在他的告别仪式上。

在优美的旋律中悠悠地走过湖边的小径，抬头望去，湖边的山地上，隐隐约约有古堡的遗迹。古堡，给这神秘宁静的环境增添了几分苏格兰的历史气息。至今，苏格兰人依旧沿袭着自己的传统，尽量保护自己的家园。他们对自己的历史、草地、森林之钟爱，让人自叹弗如。从湖边绕过，穿过小径，走在小镇由细石铺就的路上，午后温暖的阳光洒在上面，也洒在我的身上，浸入我的心里。呼吸着清新温润的空气，感受古老宁静的乡间味道，好像此时的自己也融入了湖光山色中……抬头望去，那座朴素的小教堂，四周用蓝色油漆涂就的围栏，表现出一种雅致而亮丽的虔诚，让人不能忘却。

　　洛蒙德湖的水充沛而干净，充沛得让人妒忌，干净得让人不忍靠近，愿我的心境像洛蒙德湖水一样永远清澈平静。

写于 2012 年 4 月 15 日

修改于 2019 年 7 月 3 日

丹麦美人鱼

　　一直想写一篇关于丹麦美人鱼的文章，原因有三：一是安徒生的《海的女儿》那篇家喻户晓的童话，二是美人鱼雕塑本身的美和波罗的海之美的和谐，三是2010年五一期间到上海参观世博会时的一个小插曲。当时去世博会参观的人很多，在世博园的入口处排了几排长长的队伍。排队的过程百无聊赖，排在我后面的是一位看上去50岁左右的外国中年女士，也许她感觉排队这么长时间无聊吧，上前和我打招呼，问我去过丹麦吗？我回答说去年还去过，到过哥本哈根，然后她问我对美人鱼的印象如何？我的英文不是太好，一开始没有理解Mermaid（美人鱼）这个词，后来通过翻字典才查到，自然是把美人鱼大大地夸奖了一番。她听到我的夸奖，显得非常高兴，仰着头有些自豪的样子。然后她又突然问了我一句，美人鱼到上海来你有什么感觉？她这一问，让我有点莫名其妙。经她解释才知道，原来

恬静娴雅、略显忧伤的美人鱼

83

她是丹麦人，从哥本哈根来上海，是来看美人鱼的，美人鱼来上海参加世博会了。丹麦的哥本哈根议会2009年3月份投票表决同意把美人鱼送到上海世博会来参加展览，我这才恍然大悟，为自己的孤陋寡闻而惭愧。我去丹麦主要是因为要在2009年10月到位于斯塔万格的挪威国家石油公司和位于哥德堡的沃尔沃汽车公司就跨国公司的绩效考核、财务运营、过程管理与控制、企业文化等进行学习培训与参观访问。学习结束以后，乘车由哥德堡到哥本哈根，再乘机到法兰克福转机回国。在哥本哈根有几个小时的自由活动时间，我们便来到了哥本哈根港口的长堤公园游览。

哥本哈根的长堤公园位于长达数公里的朗厄里尼海湾岸边，也称滨海公园。远远可以看到对岸文艺复兴时期建筑风格的、轮船造型的哈姆雷特城堡（卡隆堡宫），它仿佛浮在水中，被护城河围绕着。宫殿用岩石砌成，褐色的铜屋顶气势雄伟、巍峨壮观。城堡中每年要举办一次"哈姆雷特戏剧节"，据说这里汇聚了世界各国演出莎士比亚《哈姆雷特》作品的剧照，形式多样，风格各异，可谓"百家争鸣"。中国的京剧结合世界名剧与京剧艺术的优势，也吸引了一大批青年观众。这里风景秀丽，花木繁盛，有很多精美的雕塑分布其间，最著名的就是小美人鱼铜像。这座世界闻名的铜像，已是丹麦的象征，这次终于能够亲眼见到。在公园里漫步的时候，特别注意到了一些高大的雕塑和美丽的花束，比如那个气势磅礴的、来自一个传说的喷泉。女神吉菲昂把自己的儿子们变成四头公牛，让他们受命把西兰岛一日内耕完，于是就有了喷泉上的女神鞭打公牛的雕塑。还有远远望去屹立着的女神柱，女神面向海湾，迎风而立，左手高扬。

边走边看，猛然转头间，在视线左前方靠近长堤的海边，见到了美人鱼铜像。这座以安徒生童话《海的女儿》为蓝本的青铜雕塑是哥本哈根乃至丹麦的标志。"小美人鱼"15岁时在海边玩儿，救了一位溺水的王子，同时深深地爱上了他，但是王子却不知道，离开了她。然而，痴情的"小美人鱼"日复一日地坐在海边的岩石上，等待王子归来。初次见到真的美人鱼铜像不免有些失望，闻名于世的美人鱼，坐落在海边一块巨大的花岗岩石上，只有一米五左右高。远望这个人身鱼尾的美人鱼，恬静娴雅，悠闲自得，而你如果仔细地端详这座铜像，看到的却是一个神情忧郁、冥思苦想的少女。她在广阔的大海边显得那样低矮与渺小。这位裸露的少女全身黑色，100多年来向人们诉说着自己悲惨的爱情故事，令人嘘唏不已。但这位少女到底是什么样子的？丹麦雕塑家爱德华·艾瑞克森根据故事原文制作了这个塑像。小美人鱼铜像自1913年在长堤公园落成至今，已有100多年的历史。她吸引了无数的游客，每年都会有数以万计的游客到丹麦旅游，一睹"小美人鱼"的风采。人们还流传着这样一种说法：不看美人鱼，不算到过哥本哈根。据说小美人鱼多次遭受被"砍头""断臂"的磨难，其中1998年1月6日美人鱼的脑袋再次

哥本哈根最繁华的新港酒吧街

被"砍"之后不久即被找回。

在上海世博园进入园区后，我便首先去了丹麦馆参观。进入丹麦馆，走向侧边的旋梯，在转弯处的一个小平台上，能看到美人鱼铜像被安放在馆内的一个水池中央，她真实生动地再现了童话故事。据说这是"小美人鱼"铜像建成96年来第一次走出国门，此举推动了丹麦与中国的文化交流。2010年，"小美人鱼"从哥本哈根市海港的石座上被吊车缓缓吊起，然后运到一辆卡车上。告别家乡，远赴中国上海会场，将原汁原味的丹麦风情展示给中国人民。丹麦人非常热爱这尊美人鱼的雕像，也许在他们心目中，她已像成了他们不可或缺的文化象征。那位女士也许是专程来上海看一看这尊雕像是否还在、是否还是那样完美无缺、是否还是那样牵动着她的心。

丹麦这个国家挺有趣，它的国土除了格陵兰岛和法罗群岛以外，只有4万多平方公里，居住着500多万人口，但它却是世界著名的文化大国，孕育了童话家安徒生、作曲家卡尔·尼尔森、原子物理学家尼尔斯·玻尔、雕刻家托尔森、哲学家克尔恺郭尔、舞蹈家布农维尔与建筑家雅各布森等世界文化名人和科学家。仅在20世纪，这个国家就有12人获得了诺贝尔奖。在发展教育方面，丹麦政府更是不遗余力，奉行使每个社会成员在文化方面都能得到发展的方针，并鼓励地方发展文化事业。可以说，丹麦不仅是童话的王国，而且它的经历也很像一个童话。另外，丹麦在历史上曾为北欧强国，但在多次战争中，屡战屡败。"二战"时，丹麦没有被狂轰滥炸，得以保存下来的许多古老的建筑，成为观赏中世纪欧洲的宝库。

记得当我们进入哥本哈根的时候，呈现在眼前的是一座集古典与现代于一体的城市，市容整洁美观。纵横的水道、众多的桥梁，穿插

"童话之父"安徒生塑像

在现代建筑群中的尖顶或圆拱式教堂、宫殿和古堡，构成了这个城市独特的风貌。不高的、显得陈旧的带有尖状屋顶的欧式建筑矗立在宽阔的街道旁，几十层的高楼大厦很少见，没有拥堵的车流和喧闹的人群，人们不慌不忙地行走，街道两旁整齐地停放着一排排白色公用自行车。小轿车不多，骑自行车的人不少，一切显得悠闲、安静。建于1669年至1673年的新港酒吧街，原是一条人工运河，运河将海水直接引进新国王广场，新国王广场连接着哥本哈根最繁华的商业步行街。这是一条非常漂亮的街道，码头停泊着无数的帆船，五颜六色的各式楼房依偎在河的两旁，形形色色不同风格的酒吧、餐厅在两岸密布着，为人们提供不同的休闲方式。在离市政厅不远的街头，我们见到了安徒生的塑像，他抬头望着远方，手中拿着书在思考着什么。路过的每个游客，都要上去与"童话之父"握握手、拍照留念。一位当地的女士学着安徒生塑像的样子摆了远望的姿势与他合影，看来安徒生得到了丹麦人民的爱戴，他们为自己的国家出了这么世界闻名

的人物而自豪。安徒生在哥本哈根度过了他的大半生，他的众多著作都是在这里创作的。安徒生的父亲是个穷鞋匠，曾志愿服役，抗击拿破仑·波拿巴的侵略，退伍后于 1816 年病故，当洗衣工的母亲不久即改嫁。安徒生从小就为贫困所折磨，先后在几家店铺里做学徒，没有受过正规教育。1843 年，安徒生认识了瑞典女歌唱家珍妮·琳德，真挚的情谊成了他创作中的鼓舞力量。但他在个人生活上并不称心，他没有结过婚，70 岁时因肺癌在最亲密的朋友梅尔彻的宅邸去世。这位童话大师一生坚持不懈地进行创作，把他的天赋和生命献给"未来的一代"，直到去世前三年，共写了 168 篇童话和故事，被译成 80 多种语言。

好了，提起丹麦这个国家，你第一时间会想到什么？一篇美丽的童话——《海的女儿》？一座美人鱼塑像？……可见，文化对一个国家的自信与发展是多么的重要。一个民族、一个国家在长期的历史进程中，经过积累、沉淀、改造、创新所形成的特有的文化，将成为支撑其发展的无形力量，而维持、保护和发展这些优美而古老的文化，需要全体国人的努力。

2012 年 5 月 8 日写于新疆阿克苏
2019 年 8 月 3 日修改于北京听雪斋

少女塔

"中国有玉门，苏联有巴库"，早就知道了李季写的这首诗，尤其是从事石油工作的我，而目睹巴库是在 2012 年的 5 月，那时我在新疆阿克苏任职，随新疆市长经贸代表团到阿塞拜疆访问。阿塞拜疆共和国简称阿塞拜疆（阿塞拜疆语：Azərbaycan），其首都巴库是一座历史悠久的古城，以盛产石油而著称。在里海之滨这个美丽而干净整洁的城市，我们用紧张而愉快的几天时间与当地的官员和相关部门进行经贸洽谈与交流，并参观了当地的工厂和商贸市场。在当地政府的安排下，最后一天我们参观了国家历史博物馆、巴库老城、王宫、火祠、少女塔、泥火山等人文景点。我们下榻的地方对面就是巴库海岸线大道，晚餐以后，在这里沿着里海海岸一直走，可以看到巴库悠闲的城市风景。这条海岸线比较长，可以步行 1 小时左右，而且风景极佳。傍晚的微风拂动着树叶，坐在海边的长椅上，听着周边的男女老少用阿塞拜疆语聊着家长里短，那种岁月静好、悠然自得，不动声色地浸润着人们渴望平静与自由的心。伫立在马路对面的歌剧院、火焰大厦、少女塔，还有周边淳朴热情、如刀削般的脸庞，再配上深邃的眼窝和言笑晏晏，一幅多么美丽而恬静的画卷。

几天的时间里，令我印象最深刻的是阿塞拜疆人对"少女塔"的崇敬。

少女塔建在古城墙边上，全部用石头砌成，位于一个小高地上，建筑整体呈浅黄色，是西亚建筑和欧洲建筑的融合体，

少女塔

带有巴洛克风格。塔的周围有鲜花绿草、林荫小道，小广场上还有喷泉围绕。少女塔位于古城的东侧，濒临里海，1304年这里发生过特大地震，许多居民点被夷为平地，而此塔却安然无恙。建塔时，里海的波涛就在其脚下拍溅，但现在里海已后退了几百米。塔外形为圆柱状，东部突出，高27米，共有8层。塔基墙厚25米，顶部厚4米，全由石灰石砌成，砌墙的石头一圈外凸，一圈内凹，在墙上构成层层清楚的横线。塔内可以容纳200人，但现在几乎空空如也。拾级登上少女塔顶，可俯瞰整个巴库古城。少女塔是什么时候建造的，由谁建造的，它的主要功能是什么，人们到现在也不是很清楚。有人说它是一座城堡；有人说它是一座防御用的堡垒；有的科学家认为，少女塔实际上是一座天文观象台；另有科学家认为，少女塔是指引里海中航船航向的灯塔；一些宗教学家则认为，少女塔是拜火教的一座圣火庙。但是人们更熟知的是两个关于少女塔的爱情传说，而少女塔也因传说而得名。一则传说称："一位家境殷实的少女爱上一位家庭贫困的少年。少女的父亲认为门第不般配，强迫她断绝与那位少年的联系。少女不从，其父就请人修建一座石塔，将她禁闭其中。少女以死抗争，最后从塔顶跳入里海。少年得悉，也纵身跳入海中，去寻找其心爱的姑娘。"另有一则传说称："一位国王急欲得到一个王子，但王后偏偏生下一个女孩。国王想把这个小公主杀死，心地善良的奶娘将她偷出内宫，送到乡下寄养。小公主长大成人后，在一个非常偶然的机会与国王邂逅。国王发现她长得异常美丽，但不知她是自己的亲生女儿，就宣布要娶她为妻。她坚决不从，因为她已另有所爱。作为婉拒和拖延时间的手段，她提出，国王要娶她，就必须为她修建一座高塔。国王答应了，并很快将塔修成。她再也无计可施，就从塔顶跳下来，葬身于里海的波涛之中。"这两个美丽哀怨的传说与新疆的克孜尔尕哈烽燧有相似之处。记得我到这座烽燧上参观的时候，听到与其相关美丽哀怨的传说，感慨万千，回去以后还填过一

橄榄树掩映中的少女塔

首《浪淘沙》，表达当时的心情。

浪淘沙·克孜尔尕哈烽燧①

沧桑二千年，
凌空蓝天。
漫道千里越群山。
却遥想当年狼烟，
一路长安。

望残存木栅，
天淡云闲。
公主无恙舞翩翩②？
幽怨胡笳寂冷月，
牧歌凄婉。

巴库这座古老又现代的城市，低调而宁静，有序而散淡。凭栏处，海风拂面，品饮着当地醇香浓郁的红茶，我们在凉爽宜人的下午一步步走近人类最初的朴素文明。巴库，里海畔的繁华都市，有着燃烧不灭的火焰和难溯起源的上古文明，作为文化的碰撞地和交汇点，千百年的风雨成就了少女塔，也给少女塔留下满壁的青苔和创痕。站在里海之滨，仰望这座石塔，追溯其历史，聆听其传说，让人神采飞扬，久久不能平静。

【注释】

①克孜尔尕哈烽燧是丝绸之路北道上最古老、目前保存最完好的烽燧遗址，位于新疆库车县境内，古语为"红色哨卡"之意。2001 年由国务院核定为全国重点文物保护单位。

②传说古龟兹国的一位公主和一个穷人家的小伙子相爱，然而，因等级观念他们不能成亲。悲愤的小伙子乔装成一个巫师，为国王占卜，说他的宝贝女儿要被蝎子毒死，必须住在最高的地方。国王就把女儿送到了烽燧之上，于是小伙子就时常攀上烽燧和自己心爱的人相会，后来国王发现了，用乱石把小伙子活活砸死在烽燧之下。公主悲痛欲绝，最后在烽燧之上绝食殉情。

写于 2012 年 6 月 8 日

修改于 2019 年 7 月

瑰丽苍凉的苏格兰高地

冬季里阴冷的一天，从伦敦出发，穿越约克、爱丁堡到达因弗内斯、尼斯湖，又从格拉斯哥去往洛蒙德湖，一路领略了苏格兰高地之瑰丽与苍凉。老实讲，这是我喜欢的天气，也是我向往的地方。作为冰河世纪的最后一个据点，苏格兰高地的美让人难以捉摸。这些"欧洲最美丽的地方"，被我认识的一位常住北京的英国朋友皮尔斯称为"潮湿、阴冷、没有阳光的地带"。英国历史学家汤因比说过，如果生命能够重来一次，他希望生活在中国古代的西域。我想，要是真有来生的话这里倒是很不错的选择。

苏格兰高地的美有史诗般的壮观。潮湿且带腥味的海风如永不止歇的歌诉；深蓝色的山脉点缀着枯黄色，在铅灰色的天空下；天空的边缘偶尔镶嵌着紫红色的云朵；大块的砾石停留在一片片绿色的草原中。数不清的湖泊，时时映照着苍穹的变幻。冬季夜晚的星空，清冷而璀璨，笼罩着瑰丽、寂静的苏格兰高地。尽管是冬季，但那舒缓起伏的低矮绿草与苔藓仍然覆盖着孤寂的荒原，这种稀疏而坚韧的植被苍凉地生长着，它不是在炫耀自己的美丽，而是在展示一种气质，全然不像英格兰原野上的欲滴青翠和花香绵长。裸露的岩石，清冽的空气，提醒自己这是在高原，这里的山粗莽、怪异，不高也不险峻，看上去山的顶端有白雪，偶尔也有光秃秃的地方，还有被雨雪冲刷的沟壑，像是半裸上身的莽汉，露出瘦骨嶙峋的筋脉，青色的苔藓时或被陡峭的山石拱破，露出

94

它孤傲、冷峻的表情，仿佛是饱经沧桑的老人在向你诉说那遥远的往事。

高地的天气，或晴或阴，或雨或风，变得很快，有一种莫名的精彩。行程中，天空有时压得很低，远处的山顶，被云层盖得好像喘不

淹没在乌云中的本内维斯山

过气来。过了一会儿，浓云深处又撕开了一道明亮的口子，周边呈现出暗中带红的韵味，好像给寂寞而压抑的山地和人们一个透气的机会。车行至英格兰与苏格兰的交界处，狂风大作，大雨骤降，我还是与交界处迎风屹立的黑黢黢的刻有"Scotland（苏格兰）"的界石并肩站立在一起，拍照留念，作为风雨相伴后的绵长回忆。沿着茫茫无边的荒原、怪模怪样的秃山向东北方向行进，心中的惬意与清爽让人脸上的笑容有凝固的感觉。苏格兰高地是欧洲仅存的几块荒原之一，现代文明远没有浸润其原始肌肤，故而其苍郁与荒凉时刻显现。风雨交加中，我们在高地边界断层以西以北的地方，发现了云层中覆盖皑皑白雪的英国最高峰——格兰扁山脉中的本内维斯山。本内维斯山海拔 1347 米，平坦的山顶淹没在深灰色的乌云中。实际上，北部高地海拔在 600～1000 米之间。站在高原上，去欣赏 1347 米的最高峰，其不出众也可以理解。

下车后，在一小块平坦的草原上稍事休息，谈论起对这座山的印象——粗犷、孤寂、幽冷。继续前行，山间峡谷中，间或有小湖泊出现，在湖边停下来，湖中看不见鱼，湖面上也没有鸟飞翔。

苏格兰高地人烟稀少，人口最少的地方每平方公里仅有2～4人，但这里从来就不是被历史遗忘的地方，数不清的故事在这块神秘的土地上到处传诵。1996年第68届奥斯卡最佳影片、最佳导演等五项大奖的获奖电影《勇敢的心》（Brave Heart）就是描写13世纪末、14世纪初苏格兰民族独立运动在华莱士这位苏格兰英雄的带领下，在那悲凉的荒野上徐徐展开的故事。如今，不朽的灵魂在苏格兰高地上展翅高飞，把刀光剑影的战争、缠绵悱恻的爱情、荒凉孤寂的自然景观化作了永恒。在电影《勇敢的心》外景地，格伦科峡谷的入口处，也就是苏格兰的天堑，我们看到有三座紧密相连的山，当地人称它们为三姐妹山。三姐妹山的背后有着很伤感的故事。据说格伦科峡谷，当时是麦克唐纳家族的私人领地，这个家族是当时苏格兰的贵族。英王詹姆斯二世的女儿玛丽二世和丈夫威廉三世被拥立为王的时候，新国王就要求，各大贵族必须在规定的时间内上交一份顺从新主的宣誓书。但是麦克唐纳家族晚交了这份宣誓书，于是这个新的国王威廉三世就派了与麦克唐纳家族的邻居坎贝尔家族去把这一家"异教徒"铲除。坎贝尔家族带着军队来到麦克唐纳家拜访的时候，麦克唐纳毫无防备，而且还热情地接待了他们，但是几天之后，毫无防备的麦克唐纳家族就被坎贝尔家族带来的人所屠杀，有38人被杀死，其余受伤的数百人逃逸到了格伦科峡谷当中。但是当时正值冬季，高地寒冷无比，再加上饥饿，

麦克唐纳家族
几乎无人生还。
当时麦克唐纳
家族有三位小
姐妹外出做客，
逃过了此劫，
她们回来以后
看到眼前的一
切，伤心欲绝，

残破而壮丽的厄克特古堡在湖水边仰首屹立

于是就跑到了他们家族领地的最高处，向苍天哭诉，最后化
作了三座山峰，所以说格伦科峡谷还有一个名字叫"哭泣谷"，
我想后边的故事可能是苏格兰人的演绎。

　　思绪间，我们来到怪影迷踪的尼斯湖畔。实际上，尼斯
湖与运河连成了一个水系，是苏格兰北部重要的水陆交通线。
窄窄的湖面对岸，是高高低低的山峦，湖面黑黝黝的，山峦
也是黑黝黝的。A82 公路就是依水走向而延伸。雨中的尼斯湖，
波澜不惊，看上去像一片混沌的泥沼。但走到湖边，伸手于
水中，再划几下，水是清清的、冷冷的，有一种刺骨的感觉。
湖面积不大，却深不见底。据相关资料记载，其平均深度达
到 200 米，最深处近 300 米。尼斯湖声名远播，不是因为它
的幽深及狭长，而是因为几乎家喻户晓的"湖怪"的传说。
据资料显示，1500 年前就有人在湖中受到水怪的攻击，在以
后千余年的时间里，水怪的传说不绝于耳。1934 年还有一位
医生拍下照片，那怪物就像是存在于侏罗纪至白垩纪的巨大
爬行动物蛇颈龙。此后，真真假假的各种录像照片屡屡现诸
报端。20 世纪后半期，科学家们用先进的技术进行了详细的

搜寻，结果一无所获。当地的旅游部门利用这些真真假假的资料，还在尼斯湖的北端建了一个水怪博物馆。进去参观，无非是传说的描写与照片，还有馆旁边的模拟水怪在水中的场景，供游人留影，满足好奇心。有一次看电视节目，播放的是尼斯湖水怪研究小组制作的一个类似恐龙模样的水怪机器人，偶尔露出水面的镜头，还说这样的实验很少做，只是一年几次而已。

车到尼斯湖中段，我们来到苏格兰最大古堡之一 —— 厄克特城堡。从公路向湖边望去，在伸向湖中的一片葱绿的小山上，有一座残破而壮丽的古堡在湖边仰首屹立。我们走向湖边，经过一座看上去年代久远的小木桥，桥下是幽深的壕沟，过了小木桥是一个古代用于战争的投石机，向右依稀可以看到拱形的大门、廊道和破损的古堡内城，整个古堡就像一座军事要塞的主体解剖图。由于厄克特城堡特殊的地理位置，早在公元 6 世纪这里就已是军事要塞，大约在 13 世纪这里已建成较大的城堡。在 13—14 世纪英格兰与苏格兰长期的征战中，城堡几易其主。在岸边的游客中心放映室，我们观看了大约 20 分钟的战争影片，即刚才提到的《勇敢的心》的剪辑片段，场面惨烈而悲壮。走出放映室，望着这悲凉的古堡废墟和宁静的土地与湖水，遥想当年的激战、勇敢和死亡、爱与欢乐，终于迎来了今天的和平和美丽，不由得让人生出应倍加珍惜之感。

傍晚时分，我们走进了苏格兰高地的首府因弗内斯。据说在英国近 200 个乡镇和城市中，因弗内斯的生活质量位于前五位。莎翁的名剧《麦克白》就是以此为背景而创作的。我们在橘黄色柔媚的灯光下，沿着整洁、安静的街道去往城市中心的一个餐馆。餐馆由一位浙江籍人士经营，一路上我们尽情享用西餐，到了苏格兰最北部，大家很是高兴，要去中国餐馆庆祝一番。餐馆主人见中国客人来，自然很高兴。当晚，大家都尽兴而归。

英格兰和苏格兰迎风屹立的界石

餐后躺在旅馆干爽的床上，我又想起了富有传奇色彩的苏格兰，那苍凉古莽的高地荒原、嶙峋幽暗的山林峡谷、浓云密布的铅灰色天空、凄婉伤感的风笛声声，还有神秘的尼斯湖，以及数不清的历史残痕，这一切给我的阅历增加了许多的回味与沉淀。这忽然让我想起孤独与寂寞的逻辑，高地是寂寞的，但不孤独，不孤独的寂寞是美丽的。

写于 2012 年 06 月 27 日

修改于 2019 年 07 月 05 日

莎士比亚故居

今年 4—11 月是全球莎士比亚节，是以莎士比亚故居斯特拉特福为起点，蔓延至英伦全境的活动，可以说让你在街巷、湖区、高地，都有可能邂逅"莎士比亚"，他也随时会盛装站在街头，向世人倾情朗诵他最爱的某一篇章。威廉·莎士比亚（1564—1616）是文艺复兴时期英国文坛的巨星，伟大的剧作家，在世界文化史上享有崇高的地位，影响巨大。

所谓莎翁故居，实际上包括五个部分，即出生地、莎翁母亲的旧居、莎翁妻子的旧居、莎翁女婿的旧居和莎翁返乡后的新居。

一个秋日周末的中午，我来到了斯特拉特福，伦敦近郊的一个小镇，这里就是大文学家莎士比亚的出生地。莎士比亚于 1564 年 4 月 23 日在此地亨利街的一座房子里出生，故这里就成了莎士比亚的故居供人们参观游览。这是一座两层结构的都铎式建筑，里面保存了当年莎翁的遗物，以及和他有关的人所用过的物件。房内陈设是按照 16 世纪 70 年代时的模样布置的。进门的小房间是莎士比亚姐姐琼·哈特婚后的家。房间一直通向客厅，客厅里面放着一张带有丝织物的象征财富的悬挂床。走廊旁边的大厅是全家用餐的场所，空间不大，但是设备齐全，有宽大的壁炉、烤架以及数套餐具器皿。餐桌前的哥特式凳子和长椅据说都是当时的原物。莎士比亚的父亲是一位手工作坊业主，他制作并出售用绵羊、山羊、野兔等生皮制作的手套等皮革制品。在走廊较远的一侧可以看到当年的小作坊。踏着咯吱作响的木板楼梯上楼，可以看到三间房。第一间卧室被用来展示房屋的历史。从介绍上可以知晓，这是一座有近500年历史的古老建筑。第二间卧室墙上贴着意大利风格的粗体黑白图案的墙布。最后一间卧室有一张旧式木质大床，挂着红绿相间的布帐，床上堆有16世纪的纺织物原物。房间内还有些玩具、摇篮和小木盒等，莎士比亚就出生在这里。循着小梯下楼，通向户外的花园。园内栽植的树木和花草，全部参照莎翁作品中提及的植物。你若有兴趣，可以仔细辨别，互为印证。每逢纪念日，这里都会被布置起来，作为来宾聚会的场所。

莎士比亚的童年和青少年时代都在这里度过。在他14岁时，家道中落，被迫中断学业，外出当过学徒、马夫等，从小尝尽了生活的

安妮·海瑟薇的麦草茅屋

艰辛，增长了人生的阅历。22岁时，他来到伦敦，给看戏的绅士照料马匹，后来演些小角色。1588年开始写作，先是改编他人作品，后来是自己独立创作。之后的二三十年是他人生的巅峰。但他只活了52岁，临终之时，他希望把自己葬在故乡的三一教堂。在这座教堂的墓碑上，有他自己撰写的墓志铭。参观完莎翁的出生地和墓地后，我们去了莎士比亚夫

人 —— 安妮·海瑟薇的小屋，相距莎翁故居一公里。这是一座高顶的茅屋，屋面上覆盖的麦草被修剪得十分整齐，厚约尺许，平添了一分韵味。起居室、餐厅没有殷富人家的奢靡，陈设也显得简陋，透露出岁月流光涤荡的沧桑。地板很粗糙，器皿用铁和树木做成，烛台以树木作燃料来照亮漫漫长夜。农舍外面是一片园圃，绿树环绕，花草茂盛。园内土地有些起伏和层次，徜徉其中，芳馥悦眸，让人怡然。从这里可以领略 500 多年前古代的村落风光。

参观故居后，我买了几支鹅毛笔作为纪念。漫步于古老淳朴的小镇，三角形的屋顶、黑色的横木柱、白色的粉墙被划成许多的长方格，古拙雅观，别有情韵。镇上的各家剧院终年上演着莎翁的名剧，旅店一切陈饰悉数仿古，置身其中，油然而生颇多感慨。驻足回望，美丽的小镇、如此古朴平常的宅邸，居然诞生了举世闻名的莎士比亚，应该是莎翁天赋、兴趣、勤奋、顽强综合作用的结果。他没有因为过早地独自谋生而沮丧，也没有因为卑微的职业而悲观，更没有因为别人的讽刺挖苦而放弃，显示出超凡的意志力和勤奋、平实的个性。他在 1614 年回乡定居，选择了平静与安宁。

> In delay there lies no plenty,
>
> Then come kiss me,
>
> Sweet and twenty,
>
> Youth's a stuff that will not endure.

> > 时光蹉跎，
> >
> > 来日无多，
> >
> > 二十丽妹，
> >
> > 请来吻我，

衰草枯杨，
青春易过。

他的诗句，让我怦然心动，默然良久，凭空增添了许多对时间的感悟。

写于 2012 年 6 月 30 日

展示生命的石头雕塑

2009年10月，中国石化地球物理技术考察团一行五人应西方地球物理公司邀请访问设在挪威首都奥斯陆的研发中心。到达奥斯陆已是当地时间下午五时，因为没有别的安排我们便到驻地附近散步，游览了坐落于奥斯陆城区西北角的维格兰雕塑公园。北欧的10月已是深秋，挺拔的树木上树叶金黄，落叶铺满了公园的小径，小溪淙淙，颇有些诗意。维格兰公园是以挪威著名雕塑大师古斯塔夫·维格兰的名字命名的。公园内有192座造型优美的雕塑，总计有650个展示生命历程与遭遇的裸体人物雕像。

出生于挪威南海岸边一户农家的古斯塔夫·维格兰

愤怒的儿童

（1875—1948），从小喜欢读书与绘画，其父是位出色的木匠。由于家境贫寒，维格兰在 15 岁丧父后就挑起了家庭重担，业余时间坚持学习解剖学和雕塑艺术，直到后来成为挪威著名的雕塑家。1923 年，议会通过维格兰提议，在首都奥斯陆西北角辟出一块土地，供他使用。在随后 1924 年到 1947 年历时 23 年的雕塑公园建设中，维格兰付出了他全部的心血。公园开放后仅一年时间，这位雕塑家就倒下了。直到若干年后，后来的艺术家将他的形象创作成栩栩如生的雕像，让他重新站立在了这座几乎耗尽了他后半生精力的地方。

走进维格兰雕塑公园，如同进入一座开放式的艺术殿堂。公园的石门、石桥、喷泉、圆台阶、生死柱都在一条长达 850 米的中轴线上展开。园内的人物雕塑像栩栩如生，有天真活泼的儿童、性情奔放的青年，也有劳累艰苦的壮年和垂暮临终的老人，人的内心世界和生活百态在此表露无遗。作品通过裸体艺术形象来展现人的线条美、形态美，重点刻画、反映了人从出生到历经童年、少年、青年、中年、壮年、老年，直到死亡的生命全过程。人生的悲欢离合、喜怒哀乐，凝结在每一座雕像的脸上。同时，维格兰的作品还十分注重刻画人生各个时期的细节特征。有一组是反映女儿出嫁前母亲为其梳头发的情景的，母亲既高兴又舍不得、女儿既害羞又兴奋的神态，把人世间最伟大的亲情 —— 母爱表现得淋漓尽致。另一组表现男女恋爱的全过程，将男女青年从初次相识的害羞，到拥抱时的难舍难分，再到结婚生子的情景刻画得细致入微，生动地展现了人类的浪漫情怀。

维格兰在赋予石头艺术形象时，也赋予了石头生命，故公园被称为“生命之园”，包括“生命之桥”、“生命之泉”、“生

带有人物雕刻的青铜门栅

金色落叶覆满了公园小径

命之柱"和"生命之轮"。"生命之桥"两侧各立着 29 座对称的铜雕。跨上"生命之桥",沿着雕像群行走,就如同循着生、老、病、死的人生轨迹一路前行。与"生命之桥"处于同一中轴线的"生命之泉"被一组树丛雕像围绕着。雕塑的基座是浮雕,而喷泉正中央的出水口则是一组托着水盘的人物群雕。沿着中轴线继续前行,可见到圆台阶的中央顶端高耸着"生命之柱",周围环绕着 36 座花岗岩石雕,匀称和谐,浑然一体。在这根重达 270 吨、高 17 米的石柱上,盘绕着 121 尊神态各异的裸体男女雕像。他们扭曲着身体,拼命向上攀登,表现了生命的力量,以及人类对美好未来的向往与追求。在"生命之柱"上,有夭折的婴儿、不幸的青年、披头散发的妇女、骨瘦如柴的老人，还有惨不忍睹的亡者。这些人物有的沉迷、有的警醒、有的挣扎、有的绝望，构成了一组曲折向上的造型，令人惊叹不已。据说，这根石柱耗费了维格兰 14 年时光。

暮色来临，我们行走在深秋小路的金色落叶中，回头望去，天空中铅灰色的云层被一抹晚霞映红了边际，好像生命的力量

"生命之泉"是一组托着水盘的树丛状人物群雕

曲折而顽强。生命是美好的，尽管有无尽的烦恼和磨难。我在想，人生一世、草木一秋的短短尘世间，轮回更替中的痛苦与欢乐，不过是过眼烟云、镜花水月，怎么敌得过责任与力量托居的生命之泉？所以你我应该珍惜每一个来到生命里的小孩、每一个擦肩而过的少年、每一个情窦初开的少女、每一个甘愿付出的母亲、每一个大爱如山的父亲和每一个相濡以沫的伴侣。每一个人都不会无缘无故地来到你的生命里，每一个人的出现都有其意义，生命里的一切均值得我们感恩，值得我们赞美。

写于 2012 年 7 月 2 日
修改于 2019 年 7 月 10 日

库姆堡——见证英国乡村的美丽

在一个星期六的上午，我来到了这里 —— 位于英国伦敦西南部、连续 50 年被评为世界上最美丽的村庄之一的库姆堡小镇。

坐落在自然保护区内的库姆堡是野生动物的栖息地，风景自然而原始，每个场景都是一幅美丽的画卷，而且美到了极致。农舍是典型的科茨沃尔德建筑风格，厚厚的墙壁由石头堆砌而成，由于时代久远，石墙看上去像是涂上了一层蜂蜜的颜色。屋顶由天然的石瓦片垒成。这些被列为古迹的农舍，大都是 11—13 世纪的产物，让人流连。据说库姆堡最初只是一个山堡，由于接近弗斯要道而被罗马人占领，直到中世纪，位于山谷中的库姆堡才成为羊毛产业的中心。

漫步于美丽小镇，时光有停滞的感觉。金色砂岩和褐色石头砌成的二层小楼房的门旁和窗口，处处掩映着白色、红色、蓝色等五颜六色的鲜花与草木，开放得艳丽与含蓄，布置得恰如其分，如同浑然天成一般。古老门牌醒目而优雅，门前的小木桌上时而会摆有胡萝卜、红薯、南瓜等蔬菜，你也可以在这里就餐，点你喜欢的食物。没有人招呼，假如需要，可以按上面的标价把钱放于门旁边的小木箱，取走食物即可。还有外面看上去黑魆而里边却干净、整洁、光线充足的咖啡屋，走累了，进去坐一会儿，享受一下慢生活，品味一下古老氛围中的意境与味道。在有 500 年历史的白鹿酒吧门口，我们坐了下来，点了几杯酒、几杯红茶，把身体藏在殷红翠绿的

花草架下，努力辨认小黑板上花体古英文写就的餐牌。其实只有几道菜，多汁的传统烤羊肉的香味飘来，加上一口当地酿制

山村农舍的石墙

的醇香红酒，这便是历史中生活的滋味了。英国人努力保护几百年的传统的生活细节，也让我在心里仔细地品味着。游人不多，倒也惬意，但人们的表情还是幸福与惊奇的，从半掩的小小雕花窗户向里望去，洁白的蕾丝窗帘低垂，古老的木沙发上，一位美丽丰满的少妇在安静地读书。透过窗户的阳光照射在她如画的脸上，她是那么用心与专注，那么恬淡与闲适，好像已经融化于历史的画卷中了。

小镇里有两家著名的旅馆，一家是老邮筒别墅酒店，远远看去是典型的英式城堡模样，背后是大片的森林和草地。你

科茨沃尔德风格的住宅

可以在这里骑马、打球、种菜、喂鸡，也可以在木椅上休息聊天。

据说该酒店建于 14 世纪，价格昂贵，一个房间一晚低则 200 镑，高则 1000 镑，经常有婚礼在这里举行。另一家是建于 12 世纪的城堡饭店，旅馆很小，只有十几个房间，但同样精细别致，尤其是全套的英式早餐和后面的小花园。

小镇的教堂古老而美丽，保留着原汁原味的特征与风格。外观规模不大，但走入内里，却让人感到很宏伟。进入一个古老的木门后是一个方形的空间，柜台的隔板上摆有各种文字资料的介绍和图片。穿过一个拱门，便是大厅，我在厅中木椅上稍坐，静静享受片刻的宁静。走出教堂，穿过一座古老的小石桥，便是被绿树遮掩的小路，好像一道长长的绿色拱门，簇拥着你走向童话世界。再往前走，可以看到大片大片的牧场，雪白的羊群散落其中，潺潺小溪、碎石小道，行走其间，

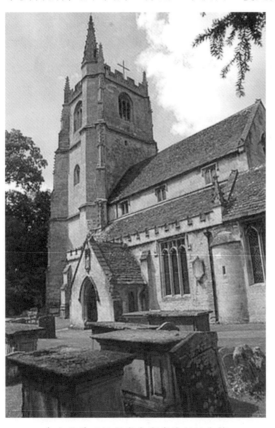

在古老美丽的教堂中享受片刻的宁静

110

宛若隔世。

空气中沁人心脾的花草芬芳、河水的甜蜜味道，竟让人昏昏然而不知身在何处。

愿美丽的库姆堡在时光的流逝中永恒。

写于 2012 年 7 月 3 日

卑尔根鱼市

　　被称为"欧洲文化之都"的挪威的第二大城市卑尔根，位于挪威西海岸陡峭的峡湾内，背倚港湾且被 7 座山峰所环绕。从 1070 年由国王奥拉夫建立，到如今已有近千年的历史。1299 年以前，卑尔根一直是挪威的首都，是斯堪的那维亚最重要的贸易城市和最大港口，也是挪威最大的城市，直到 1850 年被奥斯陆取代。故当有人问起他们来自哪里时，他们一般不回答来自挪威，而是答来自卑尔根。因为西方地球物理公司的研发生产基地设于卑尔根，我们一行由奥斯陆乘机约一个半小时来到这里。机场航站楼由当地著名建筑师设计，典雅而现代，航站楼的门直接与喷气式登机桥相连。机场内非常整洁，由于人不多，显得有些空旷。到达厅内物品丰富，可谓琳琅满目。走出机场，行走在街道上，感觉卑尔根与欧洲的其他城市不同，似乎有一种清静与淡然的感觉，宜人中又透露着闲情。淡淡的雾气轻轻地抹在绿树葱葱的山坡上，感觉不到城市的喧闹，却有一种浸透心灵的空寂。到达旅馆已是晚上，打开窗户，带有海腥味的空气便来亲吻脸颊。窗外弥漫着暖色灯光的城市，静谧而清冽，不由得让人去感受它的沧桑与从容。

　　卑尔根的第一产业中渔业最为发达，拥有大量的渔船，为挪威最重要的渔业中心，全国一半以上的渔产品由此地出口，据说主要是鳕鱼交易。这个交易大概从 1100 年开始，当时的德国商人和北部挪威渔民每年夏天都在这里进行大量的贸易活动，从而推动了当地经济的发展和城市的繁荣。

　　早就听说过卑尔根的渔市，故在工作完毕后到阿姆斯特丹转机的空隙来到大海边码头的渔市。这里不仅仅在挪威，在整个欧洲大陆也十分有名，甚至有人说全欧洲的居民都会跑到这里来买鱼，这显然有些夸张，不过也说明卑尔根渔市的高知名度和繁荣。渔市就在路边，离码头一步之遥的一片空地上。由于赶飞机，我们来得有些早。渔市里人还不是太多，有些冷清。摊位大都是开放式的帆布棚，顶棚是北欧人喜欢的橙红色，看上去简朴而充满活力。摊主们穿着同样是橙红色的防水工装服，站在冲刷得干干净净的摊位旁忙碌着。有的在从渔市后面的码头上卸货，有的在码头边把个头很大的螃蟹的腿和鳌一一卸下，准备摆放入摊。有趣的是卸下

穿着橙红色防风防水服的摊主

113

刚从码头渔船卸下的螃蟹

后的螃蟹部分被扔回了海中，我问他们这是为什么？回答是一直就是这样，可能是习惯吧。有的用刀对鳕鱼、鲑鱼等两面剥肉，肉放在摊上摆好，鱼头和骨架就顺势扔到摊位下的筐中。当地人吃鱼是不吃骨和鱼头的，只是买成块、成片的鱼肉，鱼头和骨据说就被做了骨粉当作饲料。据陪同我们的一位西方地球物理公司的系统工程师讲，中国人来了以后，觉得太可惜，就买整条鲑鱼和鳕鱼，价格反而便宜。渔市上龙虾、贝类、鳕鱼、鲑鱼、螃蟹、北极虾等种类众多且很新鲜，还有各种不同包装的鲟鱼鱼子酱等。那鲜亮水滑的青鱼、体态肥硕的三文鱼、长着大嘴的鲛鰊，新鲜而诱人。

渔市依海而建，过了一会儿，慢慢地热闹了起来。据说这里实际上已经成为一个社交场所，尽管超市里的海鲜有时比这里便宜得多，但人们仍然喜欢到这里逛一逛，拉拉家常。几个好朋友闲来无事，也可以购些螃蟹腿、鲑鱼片，到旁边的小吃摊进行一下加工，配上挪威的黑啤酒或葡萄酒，畅快地吃着、聊着，开心地笑着，这也是一种生活的态度和享受。据说，甜虾＋鲑鱼＋三明治＋葡萄酒＝卑尔根生活方式。享受着这种生活方式的卑尔根人，纯朴开朗的特征溢于言表，

而我作为外来人，就只有尽情地羡慕这种北欧风情的份了。这里实际上是一个国际化的场所，很多摊位上显著的位子都挂

切成片或块的三文鱼和鲑鱼

着免税的牌子，是卖给外国人的。渔市不远的客轮码头，有客轮穿梭于卑尔根和其他欧洲国家如西班牙、英国、意大利等的城市之间，很多都可以在一天内往返。早晨来，晚上家中就可以品尝到新鲜的海产品，且旅费不贵，如往返于英国和卑尔根只需 60 欧元，这就使这里的国际化成为可能。据说从欧洲各国来渔市的人，口味各不相同。德国人喜欢胡椒鲅鱼；法国人喜欢野生三文鱼；英国人喜欢在一种又硬又脆的饼上加一种香料，再涂上鱼子酱，当作茶点吃；意大利人喜欢做海鲜面时，加入峡湾产的蟹；而挪威人则喜欢把鱼肉熏着吃……这几年，由于中国游客的增多，摊主有时也雇用中国留学生，以便交流沟通，提高生意份额。

　　卑尔根民风淳朴，值得我们敬佩的是他们非常尊重体力劳动者，体力劳动者的薪酬也很高。挪威很多人会主动选择原始而有趣的工作，以使自己能够更加亲近自然，体验人生的快乐。

　　很想在这里坐下来享受一下，边吃鱼边欣赏海景，但时

间不允许，便买了几块风干鳕鱼和几盒鱼子酱，带回家品尝。看着渔市不远处的港湾里静静停泊着的船只，还有悠然从空中掠过的海鸟，我感受到了卑尔根人的心态，一种怡然的简单和平和。

写于 2012 年 7 月 4 日

冰雪中的苏兹达尔

　　2003 年 11 月，大雪弥漫的一个周末，我去了俄罗斯最古老的城镇，也是莫斯科周边"金环小镇"之一的苏兹达尔。她位于莫斯科东北 220 公里处，距弗拉基米尔 20 多公里，整个城市建在卡缅卡河北岸的波克隆那亚山丘上，整个城市遍布名胜古迹，堪称一座历史博物馆。

　　我们来的时候，正下着大雪，纷纷扬扬的雪花从天而降，更给这座古老的城市增添了一分神秘与圣洁。整个城市晶莹剔透得像是个世外之地，好像被现代文明遗忘了一般，缓慢的生活节奏，给人一种"时间很慢，书信很远"的年代感。踏雪行走在古老的街市里，导游讲，苏兹达尔没有任何工业，只有一些食品加工店，居民们仍然保持着传统的园艺和农业生活，尤其是黄瓜的种植是他们的骄傲。每年这里还会专门举办黄瓜节，很多超市中很受俄国人喜爱的腌黄瓜大部分来自这里。

　　穿过农贸集市广场，顺着一面于 13 世纪初建成的红色砖砌的围墙，便进入矗立有圣母圣诞大教堂、大主教宫、钟楼以及一座建于 1766 年的圣尼古拉斯木教堂的寂静肃穆的文化遗址 —— 克里姆林宫。克里姆林在俄语中指"内城"，故它并不是莫斯科克里姆林宫的专属。

　　圣母圣诞大教堂是苏兹达尔的地标性建筑，也是克里姆林宫最悠久的建筑。它建于 1222—1225 年间，其木质建筑部分几次遭到大火吞噬，经过多次的维护、修缮和增建。我们

雪后的克里姆林宫

来参观时，教堂恰好重新对游客开放不久。教堂看上去规模不大，但结构紧凑，布局严谨。进入内厅，便被绘制于 13—17 世纪的金色壁画和高耸的穹顶所震撼。壁画大致是各种圣人和圣迹故事，同时也体现了苏兹达尔丰富的文化传统。教堂内的镇馆之宝是建造于 13 世纪初期的"金门"，大门左右对称，每扇门分为 14 个区格，每个区格的黑色铜板上讲述一个基督和圣徒的故事，并用金箔贴覆。导游特别指出：大门最底部的 4 个区格描述的神话中的狮鹫和豹子，是这座神殿的守护者。

牧首宫

从大教堂出来，我们到了克里姆林宫的另一个重要建筑——牧首宫。这座建于 15—18 世纪的"L 型"建筑前后耗时 300 年，现在是苏兹达尔的历史博物馆及古俄罗斯绘画展厅。一路参观下来，沉重的俄罗斯历史和颜色深重的宗教画面，令人内心深处感到压抑。我不由得深深呼吸一下冰凉

热情与我们打招呼的美国游客 (李昌鸿 摄)

的空气，顿时一种新鲜而甜绵的味道扑面而来。参观途中，几位美国游客主动和我们打招呼并愉快合影。交谈中，得知他们是美国驻俄使馆的工作人员，一行人利用周末到此旅游。俄国当地导游笑曰："大雪纷飞中，游客稀少，中美俄三国交集于此，是很有趣的事。"

从克里姆林宫向西南方向走，走过横跨卡缅卡河的木桥，就来到小镇的露天木建筑博物馆。在博物馆门口，有两位盛装的当地姑娘手托面包与盐巴，伫立在纷飞的大雪中欢迎我们。我们每人撕些面包，蘸些盐，放到嘴巴中吃下去，体会这一古老的仪式。走进博物馆，仿佛穿越到了几百年前。这里汇集了18—19世纪苏兹达尔附近乡村的古老建筑，类型丰富多样，包括教堂、礼拜堂、农舍、水井、风车磨坊、谷仓、桑拿浴室等与生活息息相关的建筑与物件。这些建筑的窗口、门首、屋脊等都有精美的手工雕花和木质装饰，朴素大方，简洁纯粹。

从木建筑博物馆出来，越过卡缅卡河，缓缓步行在对面

的平坦小路上，就来到了城南的开阔地带。这里地势稍高，放眼望去，苏兹达尔城一览无遗，大雪纷飞中，它俨然是一个远离尘嚣、世外桃源般的童话世界。接着来到河南岸著名的波克洛夫斯基修道院参观，我们被告知不允许大声讲话，不允许拍照，修道院目前仍作为宗教场所使用。据说修道院内设有莫斯科宗教大学和神学院。在参观的途中，我们遇到

圣母安息大教堂

几名身裹黑袍的修女，修女的脸端庄而无血色。黑色的长袍、石制的建筑和湿冷的雪天，给人以说不清道不明的压抑之感。

从苏兹达尔又去了弗拉基米尔，小时候知道苏联的弗拉基米尔是生产拖拉机的重工业城市，很是向往。我们一行来到这里，当地一位导游接待了我

波克罗夫教堂

们。她40岁左右，干练端正，容貌谈不上秀气，但却是一位有修养的知识女性，严谨中有些冷漠，而交谈中又不失热情。在冷清的街道上，我们参观了建于12世纪的著名的金门和矗立于克里亚济马河北岸的圣母安息大教堂。

苏兹达尔一撇

在弗拉基米尔东北10公里处的安德烈·博戈柳布斯基旧城遗址的附近，有一处建于1165年的波克罗夫教堂。导游执意让我们去参观游览，她说该教堂位于涅尔利河畔，很美很美。由于没有大道，我们一行人于大雪中行进在通往教堂的桦树林中，别有情趣。放眼望去，在弗拉基米尔城郊恬静的原野上，在涅尔利河岸边，矗立着一座美丽的教堂，它像湖中一只美丽的天鹅。它的美丽至今依旧，当我沿着从教堂到冰封的河流码头宽阔而沧桑的石头台阶缓缓走过时，我的心里在这样想着。

写于2012年7月4日

从阿克莫拉到阿斯塔纳再到努尔苏丹

　　题目中的三个地名其实是同一个地方，那就是哈萨克斯坦的首都。1998 年 5 月 6 日，哈萨克斯坦总统纳扎尔巴耶夫将首都阿克莫拉改称阿斯塔纳，因为"阿斯塔纳"在哈萨克语中意为"首都"，2019 年 3 月 20 日，哈萨克斯坦议会通过宪法修正案，将首都阿斯塔纳更名为努尔苏丹，以纪念国家第一任总统努尔苏丹·纳扎尔巴耶夫。努尔苏丹位于哈萨克斯坦中部偏北的平原丘陵地带，距离原首都阿拉木图 1300余公里，处于哈萨克斯坦的地理中心。美丽的伊希姆河绕城而过，四季气候宜人，生态环境良好，是哈萨克斯坦工农业的主要生产基地、全国铁路交通枢纽。2012 年 6 月下旬，我作为新疆维吾尔自治区地市长（专员）经济贸易代表团的一员，访问了阿塞拜疆共和国和哈萨克斯坦共和国。在访问阿塞拜疆结束以后，由巴库乘阿斯塔纳航空公司的航班飞抵这里。在与哈国商务部、农业部的有关官员会谈交流以及签署贸易互补框架协议以后，总统府对华事务处的一位女士带领我们参观了努尔苏丹的国家博物馆、生命之树、独立宫等景点。

　　努尔苏丹不像纽约、拉斯维加斯一样繁华喧闹，也不像东南亚一带的城市具有热情奔放的旖旎风光。这里的一切都散发着低调与内敛、旷远而淡定的味道。碧空澄澈，阳光充裕而散漫地洒在身上，让人想起初秋的北京。放眼望去，城市的四周高高地耸立着建筑塔吊。自建都以来的短短十几年时间，这座城市在追求现代化的道路上一路狂奔，在这片空旷的草原上陆续"生长"起了大量风格各异、造型独特的未来派建筑。

位于该市新区的哈萨克斯坦国家博物馆，几乎是世界上最年轻的国家博物馆，我们去参观的时候，它还没有完全建好，据说 2014 年才能正式建成。导游给我们介绍了已经建好的部分。馆内设有民族历史博物馆、宗教文学图书馆、世界宗教研究中心、突厥语言学院等。行走在博物馆中，其历史的厚重感不逊于其他任何国家的博物馆。在这里，你可以感受到哈国的游牧民族发展历程、民族风情和生活习性。

生命之树，也叫作巴伊杰列克观景塔。其形状犹如一棵白杨树托举着一颗金蛋，取意于哈萨克民间传说神鸟"萨姆鲁克"。生命之树虽是英国建筑师诺曼·福斯特所设计，但其最

巴伊杰列克观景塔

初的灵感却是源于纳扎尔巴耶夫。在这座观景平台上有纳扎

尔巴耶夫右手的镀金手模，不少人希望将手放在其上许愿。生命之树高 105 米，是努尔苏丹的地标建筑，站在生命之树上眺望，整个城市友好地向人们张开接纳的怀抱。

哈萨克斯坦独立宫位于市区伊希姆河左岸，是在总统纳扎尔巴耶夫的倡议下建造的。占地超过 6 万平方米，主体呈天蓝色，内部有

洁白如玉的大理石独立纪念柱

博物馆和美术馆，可以一窥这个游牧民族与国家的历史与艺术；还有音乐厅和歌剧院，总统就职典礼也在这里举行。在独立宫前独立广场最东端矗立着一根通体洁白的高 91 米的大理石纪念柱，象征着哈萨克斯坦于 1991 年独立。

城市公园里，由纳扎尔巴耶夫带头种下的小树已经长高，如今，这座年轻的城市有着意气风发的面孔，向我们展示自己的多样性和包容性。下午阳光灿烂，我们一行沿着涅瓦河南岸参观了阿斯塔纳广场，在这里目睹了哈萨克青年男女的广场婚礼。美丽的新娘穿着洁白的婚纱，帅气的新郎西装革履，参加婚礼的庞大亲友团也全部盛装，手持鲜花和香槟。新郎新娘携手并肩走在广场上，大方接受路人投来的祝福目光，陶醉在浪漫甜蜜的二人世界里。一位摄影师一路跟拍，记录下新人最开心的时刻。伴郎伴娘一路跟随，手拿酒杯和香槟，走走停停，边喝酒边庆祝。简洁的婚礼，浪漫的派对，完美的爱情之花在这一刻有了永恒的见证。见我们一行人过来，他们显得非常高兴。新郎新娘和他们的家人邀请我们一起跳舞，频频地向我们敬酒。哈萨克族是酷爱音乐的民族，音箱里播放着的旋律古朴雄浑，散发着浓郁的生活气息，具有鲜明的地域特色和民族特色。优美动听的舞曲，像草原盛开的鲜花，葱郁芬芳，沁人心脾，展现着哈萨克人生活的激情，充满浓烈的草原生活气息。据说婚礼是哈萨克人一生

优雅美丽的伴娘

新郎的家人端着酒杯向我们款款走来

中最重要的时刻之一。在中亚地区，不少年轻人的婚前积蓄大部分都花在婚礼上，甚至还需要父母提供赞助。

有人说，努尔苏丹实际上是表现哈萨克斯坦发展的一个符号，同时在相当程度上，这座新兴城市更是整个国家、整个民族和整个社会通往光明大道的象征。

写于 2012 年 8 月 11 日

修改于 2019 年 9 月 10 日

海滨大道上，感受孟买

蜿蜒 3 公里多的海滨大道，是孟买人的挚爱。这种发自内心的爱，不仅来自它的富贵与美丽，还在于它虚怀若谷的包容和不分高低贵贱的大气。完成我们在孟买拜访印度石油公司孟买公司预定的任务之后，车子正好路过海滨大道，陪同我们的印度工程师辛格建议我们到海滨大道上去感受一下真正的孟买、真正的印度。

大道是石质结构，靠近海的一面有半米多高的栏杆，地面是方块石组成的，走在上面感觉很踏实。大道上聚集了众多的市民，有的坐在堤坝上悠闲地读书；有的盘腿面向大海，双目紧闭，平心静气中聆听着大海的声音；情侣们面对大海，眺望辽阔的海面，畅想未来生活的美好；一些年轻人说着笑着在海边聚会，还有商人模样的人似乎在讨论生意方面的问题，而更多的人则是结伴在大道上疾步行走，浑身上下大汗淋漓。许多人是从市中心开车过来的，把车子往路边一停，就加入了锻炼的大军。大坝的大道上，也有衣衫褴褛的流浪汉在仰天酣睡，还有一些满脸疲惫看起来像从乡下来的人，把背包枕在脑后，轻松地小憩，一些清洁工或者小商贩们也聚在一起闲聊，乞讨者在人群中从从容容地穿过，还有一些流浪狗蜷缩在大坝的脚下，也进入了梦乡，这里应该说是孟买的一个观景圣地。人们不分种族，无论信仰，坐在一起欣赏美景，沐浴海风，尽享着大自然丰厚的馈赠。应该说这是一条价值连城的大道，给了孟买人很多美妙的清晨、黄昏和夜晚。我们来到这里的时候，虽然云层密布，但是海滨大道仍然向所有人毫无保留地展现了它的美丽。不一会儿云雾散开，落日熔金，从云层里透射出万缕的金辉，白色的海鸟成群地起舞，剪开了玫瑰色的云霞，可以看见大海的远处，帆影点点，还可隐隐听见渔舟唱晚。在这里无论贵贱贫富，不用花费便可以卸下人们一天的疲惫，尽情地享受着人间的美景。

夕阳西下，一对情侣在聆听大海的声音

我们也被这样的美景所吸引，本来计划去餐馆吃晚饭也取消了，路边随便买了几个烤玉米充饥。海滨大道的傍晚时分，漫步其间，空气里流淌着浪漫爵士乐，刚刚品尝完烤玉米的嘴边还残留一丝甜意，两边的植物随风摇曳，南亚的绝美风光在这里尽显无遗。正好印证了印度工程师辛格所说，在这里悠闲地散步，才算是到过了印度。的确是这样的，如果孟买对于印度来说是一个公主，那么海滨大道就是公主的项链。大道面对着波光粼粼的阿拉伯海，形似一弯新月，镶嵌在美丽的海滩上，把孟买点缀得这样动人。大道的另一边是错落有致的高达二三十层的楼群，这一带是繁华的商业区，商店、餐厅等随处可见。在夕阳的余晖中，防洪堤上坐着一些上了年纪的人，与情侣们不同的是他们背对大海面对城市，在车水马龙的街道和高楼大厦的都市街景中回味人生的滋味，也许美好的夕阳增添了他们对美好爱情的回忆。随着夜幕降临，高楼大厦里的万家灯火逐渐亮起，这时的海滨大道更加好看。历经沧桑的大道，因为它的美丽，它的平等待人，成了孟买人的骄傲，也成了他们心中永远的圣地。

在国内经常听到或者是看到孟买这个城市的消息，也经常看到一些评论或者文章。孟买的历史虽然还算不上悠久，但长期以来它在金融、证券、法律、高等教育、医药、电影以及软件行业和国际环境等方面都有其独特的优势。据 BBC 一个节目介绍，世界 500 强的 CEO 中有很多是印度人，不少是从孟买出来的人士。不过有些事情也很不可思议，我们在访问印度国家石油公司总裁的时候，从办公楼上电梯，电梯非常狭窄，只能承载三四个人，据说这部电梯有上百年的历史，而且需要人工来操纵。大街上脏乱差现象很常见，卫生条件着实让人不敢恭维，大象啊、牛群啊旁若无人地在大街上行走。

我们在印度的街头也多次碰到这样的场面：几个人抬着象神，在印度教传统音乐和鼓声的伴奏下，穿着华丽衣裳的人们在象神的前后载歌载舞，抛洒圣水和花瓣，场面极其热闹。

黄昏时分滨海大道的美丽景色

都说很多印度人对死亡有着非同一般的坦然，他们对生死达观、深沉而平静。他们崇尚哲学思考，喜欢沉思生命，他们的身上承载着丰富的精神世界。同时，他们也对生命充满并倾注了无限的热爱。孟买没有像泰姬陵那样的鸿篇巨制，它不过是 400 年前从一个小渔村成长起来的海港城市，只有孟买 ——Mumbai，这位古代女神的名字，为它增添了些许神圣的光辉。

写于 2016 年元旦

修改于 2019 年 8 月 5 日，北京

哈西—迈萨乌德

　　哈西—迈萨乌德是阿尔及利亚瓦尔格拉省的一个小镇，位于阿尔及利亚东部，撒哈拉大沙漠东北部，瓦尔格拉省东南85公里处，现在是阿尔及利亚重要的石油石化城市，也是阿尔及利亚最大的油田以及非洲的大油田之一。在发现石油之前，该地区是一片沙漠，居住与生活的人不多，主要是一些放牧的人，如今大约有6万人在此生活与居住。Hassi Messaoud是阿拉伯语，意为"Messaoud井"，也代表"幸福"的意思。它最早是一个叫作"迈萨乌德"的游牧人的名字，那么为什么用他的名字来命名这座城市呢？说起来还有一段有趣的故事。迈萨乌德出生于1875年，一生都以放牧为生，他名字的全称是迈萨乌德·莱瓦比哈·欧麦以莱·比利嘎西姆。历史记载，因为远离城镇文明，这里的人们不能参加集体礼拜，这成为游牧人迈萨乌德的遗憾。为了给人与牲畜免费提供水源，世代以施舍饮用水弥补遗憾而获得心灵慰藉的迈萨乌德开始打水井，并成功打了25口水井，直至现在仍有9口水井可以使用。1917年，他在哈西牧场打的一口水井中含油，人和牲畜都不能饮用。这一消息迅速被殖民阿尔及利亚的统治者获悉，经过详细勘查后肯定了撒哈拉沙漠下面蕴藏着丰富的石油资源并进行了开采，于1924年以哈西—迈萨乌德（迈萨乌德井）冠名了这片石油区域，因此此地被认为是阿尔及利亚第一个所有大型石油和天然气公司都有办公室和基地的能源城镇。"迈萨乌德井"给人们带来了幸福和美好，人们为了纪念这位掘井人，就以他的名字命名这座城市，这就是哈西—迈萨乌德之来历。

2015年10月27日至11月1日，我们代表团一行三人抵达阿尔及利亚首都阿尔及尔，对阿尔及利亚国家石油公司索纳塔克进行工作访问，第二天与工程技术人员进行了技术交流与答疑讨论，并在拜访中国石化国工阿子公司及国勘阿尔及利亚公司后，来到哈西石油城物探项目现场。从首都阿尔及尔机场乘机到哈西—迈萨乌德，由于我们预留的时间比较紧张，中间又遇上交通堵塞，结果耽误了登机时间。和机场确认以后得知飞机晚点了，机场方面回答说，不用着急可以等一下我们。谢天谢地，我们匆匆赶到机场顺利地登机了。但是当我们拿着登机牌去找座位的时候，却发现座位已经被别的旅客占了，原来这里是可以不按机票上的座位号落座的。哈西—迈萨乌德机场为阿尔及利亚的二级机场，机场的候机楼不大，但这是一座国际机场，每个月的旅客运输量为50，000人左右。机场连通哈西—迈萨乌德市以及国内其他一些重要的城市，且还有航班至伦敦、日内瓦、巴黎、罗马、马德里以及马赛等国际著名的大城市。

哈西新基地原是泰国石油公司的石油与后勤基地，有生活区、办公区、食堂、配件库房和维修车间、文体活动区等各大功能区。公司有江苏、河南、华东分公司以及装备中心的项目组成员和工程技术人员，公司资源优化配置得到了很好的集约化应用。我们为哈西新基地举行了简短、热烈的揭牌仪式，慰问了一线中外全体员工，听取了阿尔及利亚项目部以及各项目执行情况的工作汇报。在生活区和职工的宿舍，与生活在这里的中外员工进行了热情的交流。随后我们在这

里种下了象征
沙漠绿色生命
的椰枣树。时
间过得很快，
一天的时间就
这样不知不觉
过去了。

当年种植的椰枣树

　　在赶回阿
尔及尔的空
隙，我们游玩
了哈西小城，并特地到哈西—迈萨乌德的水井去参观。1917
年挖掘的那口水井，依然矗立在城镇机场的一侧。水井四周
被一圈白色的院墙围了起来，大门很简陋，是一排木质的栏
杆。进入院内，比较干净整洁，有几棵橄榄树在茂盛地生长
着。左手边，有一排当地沙漠建筑式的平房，有两位据说是
迈萨乌德家族的男士守护着。听人们说在这里可以休息，可
以喝茶或者喝咖啡，但看上去游人比较稀少，没有要做生意
的样子。从大门往前走，约二三十米，就是那口著名的水井
的位置，水井四周，用水泥及白色的石灰覆盖起来，中间有
两个可以进入的洞口供人们参观。在水泥覆盖的正中位置有
一块石碑，用阿拉伯文字记载着这口井的发现过程。据说在
1952 年反殖民革命运动爆发后，哈西—迈萨乌德家族以及当
地的民众参加了残酷的反殖民斗争，发生了流血牺牲，但革
命终于在 1962 年迎来了曙光，获得了全面胜利。1971 年时任
总统决定把石油产业国有化，命令建立国有石油企业。从此，
阿尔及利亚的国家经济动脉借助石油产业全面复活，迅速成

长为非洲现代化区域性大国。为了纪念这一历史性胜利，国家特为迈萨乌德和所有为反殖民革命运动牺牲的烈士们刻碑立传，留下他们的名字供人们永远缅怀。

迈萨乌德水井石碑上记载着水井的发现过程

哈西—迈萨乌德是一个被沙漠包围的石油小镇，属于炎热的沙漠气候，夏季长而极热，冬季短而温暖，全年降雨量少。平均高温在4个月内（6月、7月、8月和9月）持续超过40℃，在7月达到45℃以上，已知温度有时飙升至50℃甚至更高。夏季前（3—6月）沙尘暴较为常见。现在哈西—迈萨乌德是一个拥有6万多居民的城镇（非官方来源），不包括居住在石油和天然气公司基地的居民。该镇有几个石油和天然气公司的基地，阿尔及利亚人和外国人在这里工作和生活。1956年在这里发现石油后，该镇的生活发生了巨大的变化。到1979年，炼油工业迅猛发展，镇上建起了一座炼油厂。不久之后，这个国家一半的石油产量都来自这个油藏。哈西—迈萨乌德的炼油厂现在通过一个大型管道网络将石油输送到全国的各个地方。政府在此处建立了各种行政机构（包括市政府、县政府、警察局、民事保护机构、海关部门、电信站、税务行政机关等），除此之外，还设有大量银行与保险公司的分公司、小学、中学及医院，治安状况优良。

　　据说到了每年12月最后一个星期，这个小镇将被披上盛装、彩旗、彩带、用棕榈枝搭起的凯旋门、载歌载舞的人们……当地联欢节的传统节目是一种被称作"麦哈里"的骆驼比赛，号称"沙漠之舟"的骆驼平时给人的印象是安稳、迟钝，可在你追我赶、一决高低的赛跑表演中，却一反常态，犹如插上了翅膀，疾跑如飞，时速可达60公里。比赛开始，身着民族服装的骑手们开始挥动手中的鞭子，骆驼便如离弦之箭，向终点飞奔而去。还有一种是被称作"法尔加维也"的公骆驼格斗，公骆驼是经过专门训练的。一头公骆驼颈、身并用，去击倒它的对手，人们围成一圈为其助威。当两头势均力敌的骆驼碰到一起时，便嘶吼着、追逐着，时而头顶着头，脚踩着脚，时而脖子缠着脖子，张口对咬，颇有不见输赢誓不罢休的架势。除捕猎、斗骆驼、井边吟唱、剑舞、等待在热灰里焖熟面包、传统婚礼队伍等活动以外，联欢节还邀请一些传统手工艺人前来献艺。广场上悬挂着各种标语牌、宣传画，体现着人们的愿望和变幻的沙漠生活，人们用节日联欢表达着数千年来对生活的执着与热爱。

　　在非洲撒哈拉沙漠繁衍生息的人们因气候、文化等因素，形成了独特的饮食习惯，原产的香料与蔬菜、水果较多，且品种多样，所以自古就形成了将许多种食品混在一起烹饪的方法。肉食大多采用烤制之后，再用咖喱、奶昔、番茄汁等淋拌的制作方法，面食则采用与其他水果相拌过油微炸的方法。由于历史的因素，阿尔及利亚菜式在保留传统的烹制方法外，也吸纳了很多法国菜式的做法，另外还受到来自意大利和中东阿拉伯国家的许多影响，从而形成了风味独特的食物风格。当地的主菜有各种烤肉、卷饼、海鲜、阿拉伯式比萨等，服务生也会帮客人把烤肉撕成小块和阿拉伯式风味米饭拌在一起，让人心生"好春光不如吃一场"之感，总有一款是你的菜。当然还有精致美味的谢幕甜点，从视觉到味觉的极致享受，不负各位食客应季而来的吃心一片。造型如梦如幻的高颜值甜品，让人暂时忘却卡路里的烦恼，反而带来了童年的乐趣，怎么抵挡得了这种浪漫的甜蜜诱惑呢。非洲名菜"库斯库斯"类似国内的盖浇饭，用一种叫作 Semolina 的粗粒小麦研磨成粉，然后做成和小米一样的颗粒，用清水、橄榄油、牛羊肉、蔬菜和面粉搅拌，浇上滚烫的肉汤或者菜汤即可。卷肉饼是街边著名的小吃，如同国内的肉夹馍，发音类似于中文的"想我了吗"。特制的皮卷和铁板煎烤，让卷肉饼有与众不同的口感，而腌制入味的鸡肉和秘制酱料，让味道极富层次。这里的牛羊肉品质极好，没有膻味，当地人爱吃烤羊排、烤羊肩（羊前腿），也爱吃烤羊肝，但卖得很贵，反倒是腰子非常便宜，经常是买肉的赠品。

当地百姓（以司机为例）的收入水平不高，女人大部分是全职主妇，每家还有至少两三个孩子，因此便宜的火鸡肉是当地人食用的主要肉类。平时吃不起羊排，街头常见的炖丸子汤、"扫把"汤（肉汤加鹰嘴豆、蔬菜）才是家常菜。政府对面粉和奶粉有补贴，一根称之为"胡布丝"的粗大法式面包棍折合人民币约几毛钱。街头随处可见的烤鸡，配上薯条、法棍和蔬菜沙拉，一顿实惠的美食就让人心满意足。只可惜时间关系，没有在大街上品尝地道的当地风味食品。腌橄榄是当地人离不开的"小咸菜"，有黑橄榄、青橄榄，还有原味的、辣味的、去核的、切成片的……据说中国人刚来时都受不了那股怪味，不过如果习惯了，你甚至顿顿离不开它。

在撒哈拉沙漠这种不毛之地居然能长出这么丰硕的果实——椰枣，可真是大自然的奇迹。我们的哈西基地由于是新建的，所以我们在离开的时候种植了一棵小的椰枣树。短短的几年过去了，在那里工作的同事给我发来当年种植的那棵椰枣树的图片，竟然长得非常茂盛，而且还结了丰硕的果实，大自然对人类的馈赠是如此的丰厚，让我感慨不已。乍见鲜椰枣，总以为是蜜饯，因为实在太甜了，含糖量非常之高，极耐储存。每当在迪拜或卡塔尔转机回国的时候，我总要带上几盒送给朋友或家人。当地最好的蜂蜜是沙漠里出产的沙枣蜜，产量低，醇厚，倒进凉水里，要使劲搅拌才能融化，简直是极品。

因为属于游牧民族，项目上聘用的一些阿籍员工除技术岗位的人员外，多是在沙漠里放羊放骆驼的游牧人员。据在这里工作的同事讲，平时在休闲时间他们会在营地内敲起阿拉伯大鼓，和着动感四溢、带着饶舌音的阿拉伯民族音乐边敲边舞，有的则在营地的沙地上踢足球，伴着阿拉伯人特有的口哨，那种游牧民族崇尚自由、热情奔放和能歌善舞的特性，在此时此刻展示得淋漓尽致。有的员工会在营地外的沙地上燃起枯树枝烧成炭，把沙地烤烫，形成一块凹陷，然后把和好的面捏成饼子的形状放在里面，用掺着沙子的炭火盖在上面，直到饼子被烤熟，再用刀刮掉粘在饼子上的沙子和烤煳的地方，香气扑鼻的阿拉伯大饼就做好了。平时，在沙子上铺一层布，吃阿拉伯大饼，煮阿拉伯红茶，喝土耳其黑咖啡，躺在柔软的沙子上睡觉，对他们来说就是最快乐的事。

我们离开哈西的那一天正好是周末，在去机场的路上，公路的两边停满了大大小小的汽车，公路两边的沙漠里聚满了老老少少、男男女女。这里的沙漠不高，一个沙丘连着一个沙丘，这些人三五成群地分布在一个个的沙丘周围。有的人上上下下或滑或滚，说说笑笑、打打闹闹，有的人围在一起喝茶聊天。据说这是他们在享受周末美好的时光，每一个周末他们都会从家里走出来，每个家庭围着一个小沙丘，在这里欢度周末。在这里他们可以尽情地说笑，尽情地放松。我发现有的人骑着沙漠摩托车或者坐着沙漠雪橇尽情地游玩，还有的是一家人在这里吃饭，他们在沙漠上铺上一个毯子，一家人围坐在一起。这里没有清泉，没有鲜花，只有烈日、沙尘和土地龟裂的撒哈拉沙漠，虽然远离都市的繁华与喧闹，但这里的人们依然怀着浪漫梦想生活在率真无我的境界里。在这样无关风月的地方，一切都市中的浮躁与喧哗都被净化成最纯粹的原始状态。的确，生活中的达观态度自然源自个人的心境，自由、简单、朴素。真心地祝福他们。

　　（许建峰对本文的部分文字内容有贡献）

写于 2016 年元旦

修改于 2019 年 8 月 16 日

托尔斯泰庄园

2005 年 9 月 11 日，由中国石化西部新区勘探指挥部和勘探院西部分院组成的专家组访问了俄罗斯能源部矿产地质与开发研究所。紧张工作之后俄方人员提出休息一天，去附近参观了解该国的人文风情，我们选择了位于莫斯科南部 195 千米处的图拉州的雅斯纳亚·波良纳镇的列夫·尼古拉耶维奇·托尔斯泰庄园。

早餐后，在弗拉基米尔·西德罗夫博士陪同下，我们乘车从莫斯科出发，沿着 M2 公路一直向图拉驶去。M2 公路是由莫斯科向外辐射延伸的 7 条公路之一。公路两侧可以看到大片的白桦林、平坦的墓地和微微起伏的丘陵。乡间别墅点缀其间，蓝蓝的天空、纯粹的白云、碧绿的青草，宛若一幅充满俄罗斯风情的油画。西德罗夫先生告诉我们，俄罗斯大部分人在郊外有别墅，周末全家便来度假休息，种菜休闲。尤其是到采摘蘑菇的季节，人们便三五成群地到桦木林中采摘，往往收获颇丰，有时吃不了，便向公路两旁过往的行人兜售。你可以想象穿着俄罗斯民族服装的漂亮妇女和天真活泼的儿童在路边提着花桶热情招呼客人的景象。公路宽阔平坦，历时两个半小时便到了图拉市。图拉是俄罗斯最古老的城市之一，有近千年的历史。据说图拉有三种特产，一是俄式茶饮，让图拉有"茶饮之都"之美誉；二是一种非常甜的油饼，可以做成各种形状，并且随身携带不会变质；三是兵器，著名的图拉炮兵学院就位于这座城市。只可惜时间较赶没有机会

品尝美味，享受品茶乐趣。从
M2 公路出来，我们在路边稍做
休息，一边欣赏田园风光，一
边吃着从酒店自带的面包和腌
黄瓜，算是用过午餐了。然后
汽车又进入县级公路行驶 20 分
钟左右，便到达雅斯纳亚·波
浪纳庄园，其名意为"明媚的
林中空地"。庄园占地 3.38 立
方千米，是托翁母亲结婚时的
陪嫁。庄园大门由两重白色的
圆筒形塔楼组成，是由当过将
军的托翁的外祖父沃尔康斯基
公爵所建。门口停有不少参观
的车辆，可见托尔斯泰在俄罗
斯人心中的位置。进入庄园，
右手边是一个池塘，被托尔斯
泰称为"静穆而华丽的池塘"，
四周有郁郁葱葱的高大乔木和
低矮灌木，据说有的树龄已有
200 年。

走在高高的白桦树林荫路
上，听西德罗夫博士讲述这里
的故事（邓萍 摄）

沿着一条由挺拔的白桦树拱卫着的林荫沙土道缓缓行进，此道显得悠远而静谧。举目望去，黄红绿交织在一起，像极了一幅色彩斑斓的风景画。托

文艺讲座——托翁灵魂与爱的启迪散发着激荡人心的力量

翁一家人习惯称这条土路为大街，那些白桦树由托翁外祖父亲手种植。托尔斯泰在作品《战争与和平》里写到男主人公安德烈·保尔康斯基公爵骑着骏马驶过池塘边，其奔走的大道就是指这条土路。在一片绿茵茵的草地上，有几十人正在聆听一位老者讲课，听西德罗夫博士讲，这里经常举行一些文学讲座和艺术沙龙活动，很受青年男女的欢迎，年轻人也经常在这里举办婚礼。

继续沿着这条修建于百余年前的古老土路前行，在一块不大的空地上，几棵参天而立的橡树掩映着托尔斯泰的故居——一幢白墙绿顶的两层朴素小楼。白色的墙壁、白色的栅栏、白色的楼廊、白色的台阶，只有楼顶是绿色的，与整个庄园幽深、阔大的气势相比，这幢二层小楼显得矮小而简朴。我们从一楼的栏杆旁边走过，参观由储藏间改建而成的四周满是书柜的书房。墙上挂着一些农具和衣衫，据说是当年托翁与农民一起劳动时用过的。房间里还有托翁当年用过的皮

托尔斯泰故居

包、书信和纸条等，据说这里还保存着托翁的手稿。二楼有一间宽大敞亮的大厅，里面的布局、陈设和两万多册的图书都原封不动地保留着。大厅曾是俄罗斯文艺界人士的聚会地，屠格涅夫、契诃夫、高尔基等是这里的常客。一架古老的钢琴摆放在原处，托尔斯泰和他的夫人索菲亚·安德烈耶夫娜·别尔斯一样热爱音乐，经常在聚会时为客人演奏。由于室内禁止进入，只能由外而静望，整个故居看起来局促、简朴。据说这里原来有三栋楼，一栋主楼和两栋同样的耳楼。托翁住在其中一栋耳楼里，后经改造的主楼已不复存在，托尔斯泰亲自种了一片树林作为纪念，其中有一棵高大的榆树。西德罗夫讲，这棵榆树上曾经挂过一个钟，周边的居民若一时有困难或遇什么特殊情况就敲钟向托翁家求助，托翁常常力所能及地给予帮助。

托翁厌倦了贵族式的奢华，并对自己的"寄生"生活心存不安。列宁说："托尔斯泰是俄国革命的镜子，是具有最清醒的现实主义的天才艺术家。"高尔基说："不认识托尔斯泰者不可能认识俄罗斯。"他晚年生活崇尚节俭，过起了圣徒般的生活，是众多著名作家中唯一彻底放弃贵族生活以及贵族头衔的伟大作家。他反对暴力革命，宣扬基督教的博爱，主张要从宗教伦理中寻求解决社会矛盾的道路，他的思想对圣雄甘地有极大的影响。在此生活的 60 年间，托尔斯泰完成了《战争与和平》《安娜·卡列尼娜》《复活》《教育的果实》《活尸》等不朽著作。

从故居出来，经过马厩，顺着一条小路走去，穿过林间空地、灌木丛、苹果林，便到了这位大文学家的墓前。墓地建在通往森林深处

高大的榆树上曾经挂过一口铜钟

的一条小径旁边的几棵大树下，没有墓碑、雕塑，也没有十字架，只是在平地上隆起一长条形的棺木状的土丘。土丘上长有青青的小草，上面还放有瞻仰者敬献的鲜花。一捧黄土、一片青草，就是这位伟人的归宿，自然而平静，这应该是他内心世界意愿的表达与体现。几棵大树据说是托尔斯泰的哥哥亲手所植，因为俄罗斯有一个古老传说，亲手种树的地方会变成幸福的所在。奥地利作家茨威格称赞这是"世间最美的、给人印象最深刻的、最感人的坟墓"。

托翁的墓地 —— 一个平地隆起的小土丘

从这儿向前走，阳光从高大的树林中投射下斑驳的影子，小路上青苔弥漫，幽静而深邃。踏入托翁曾经生活过的地方，让人不禁屏息静气，蹑手蹑脚，好像觉得托翁刚刚离去，分明还留有他的体温和气息。是的，他是富裕的伯爵，同时也是朴实的体力与脑力劳动者。从他感受到了什么就如实写下来的作品中知道，他一直在不倦地探索生活的意义。这就是为什么历史上伟大的人物在离去后仍活在世间，仍关注人们的生活、注视着人们的前行。

写于 2016 年 9 月 20 日
修改于 2020 年 3 月 29 日

三味线

　　星野的青森屋是来日本东北部旅游的好住处。这里有扇贝和苹果来满足你的味蕾；有古牧温泉的洗礼缓解旅途的疲惫、释放焦虑的身心；有宜人精致的庭院和静静的湖水，白日如静谧清纯的少女，晚上如灵动婀娜的贵妇。如果你想追求身心的放松与平静，来青森屋住上两日，肯定会有一个不错的体验。主人设计把每年8月中旬的睡魔祭奠搬到酒店餐厅陆奥祭屋，客人们穿着酒店赠送的和服浴衣，踏着木屐，摇着扇子，一边享用青森的美食，一边观赏民歌和睡魔祭奠，风情十足。我们夫妇两人2018年7月初在此休假，要是问我印象最深刻的或是在我的心底荡漾、让我念念不忘的是什么，那么我会说是欣赏富有当地浓郁特色的三味线。

　　津轻三味线发源于日本本州北部的津轻地区，即现在的青森县，其特征为热情的曲风和无拘束的奏法。演奏者以快速的节奏演奏，时常用拨子强有力地拨弦。三味线的祖先即是中国的三弦，最初的日本三弦改造于约1560年，仿制的是中国三弦乐。而在日本最开始用鼓槌弹奏这个

客人在观赏当地风味十足的三味线表演

小鼓、三味线伴着淡远、凄美的古风曲调

乐器的是弹琵琶的盲人，后来他们发现这种乐器不论哪种旋律和节奏都用得到，三味线也就很快受到乐师们的关注，成了日本音乐大力发展的动力。于是三味线开始运用在人偶戏——傀儡娃娃之中，成为当时乐师们维持生计的重要工具。

三味线自诞生伊始就一直流行于民间，随着贵族社会的崩溃和庶民文化的勃兴，三味线当仁不让地与琴并称为"日本乐器之王"，被广泛地用于各种日本民俗艺能中，但作为乐器，它被分为细杆、中杆和粗杆三大类。其外观、技能都大致相同，只是在具体构造的细微处及演奏音域上有明显的区别。粗杆会发出强而大的乐声，细杆则发出十分细腻的乐声。津轻三味线比粗杆的三味线更大一些，弦也较粗，音质强而有力，魄力十足，也许这样可以体现冬季漫长而枯寂的青森生活。到现在它已经成了日本舞蹈、戏曲中代表性的伴奏乐器。据说津轻三味线诞生于 19 世纪中叶津轻北部的一个叫金木神原的村庄，其创始人名叫仁太郎，他创立了仁太坊。津轻三味线与其他三味线乐器有所不同，三味线只是一些民歌等的伴奏乐器，但津轻三味线却逐渐发展成一种独奏乐器，由于其最大的特点是不用调音，所以演奏者可以像爵士乐一样即兴演奏。另外，津轻三味线以其即兴性、接近打击乐器的奏法和快速的拍子为特征，也可作为打击乐器使用，因为演奏者可以使用琴拨敲击琴身。由于以上的这些特色，津轻三味线有"日本的爵士乐"之称号。

在青森屋这个既传统又现代化的日式风格建筑里，每天晚间都有大型的驱睡魔和三味线的表演。三味线先是由穿着日式传统服装的两位女士和一位男士弹奏，一曲终了观众兴趣盎然。偌大的厅里身着和服的听众如云，神态如醉如痴。

然后是一位女士敲着小鼓，一位女士弹着三味线，一位男士唱着古老的歌调。音调时而淡远，时而起伏跌宕，表演者与听众似乎到了那遥远的时代，那么淡雅又不失活泼，悠远而又平易近人。那略显凄美的古风曲调，没有复杂伴奏但却饱满丰富，虽说简单但意境却值得久久回味，虽偶尔杂乱但却现代感十足。声音更是时而清澈如涓涓细流，时而铿锵如闪闪剑刃。三味线在日本的年轻人

弘前公园的天守阁

147

中渐渐成了流行的民族时尚元素，也成了其民族的骄傲和瑰宝，流传到世界各地发扬光大。

随后的一天我们去参观了弘前公园，它始建于 1610 年，是津轻藩政时期权力的象征。这里如今仍保留有天守阁、3 个展望楼、5 个城门及 3 重护城水渠，已被指定为日本重要文物，也是赏秋的好去处。该园还以日本首屈一指的樱花胜地而闻名四方。每到 4 月下旬，染井吉野及八重樱等品种约 2600 株樱花于园内竞相开放，形成了一片花的海洋。可惜我们来的时候是夏末初秋，樱花早已飘落了，红叶还没有来到。

当我在参观天守阁时，听到了后面一个小山顶的亭子里传来三味线的声音，有一位男士在聚精会神地弹三味线，如醉如痴，仿佛尘世并不存在，此刻的他完全融入了大自然的环抱。此时弹着三味线沉醉其中的他是什么感觉，我不得而知。也许这位男士是想起樱花盛开时节与情侣的相会与缠绵；也许是在向遥远的过去诉说着自己凄美的爱情；也许他在说，日子一天天过去，花慢慢地凋谢，我却没有难过，也没有对樱花飘落感到悲哀，纷纷落下的樱花花瓣始终让我陶醉。

写于 2019 年 4 月 11 日于听雪斋

八女茶

　　八女市是位于福冈县西南部的城市，为福冈县内面积仅次于北九州市的第二大行政区。八女地区优质的土壤和水，以及早晚温差产生的雾气，孕育出独一无二的八女茶。作为色香味俱全、迄今为止在国际上获得无数奖项的茶，八女茶是九州乃至日本最具代表性的品牌。在苏州姑苏灵岩山御道立雪亭南侧有一座高约 3 米的"中日友谊纪念碑"，该碑系日本八女市为感谢灵岩山寺的茶种使"八女茶"成为日本特产，同时祝愿中日友好永久持续而建立的。灵岩山寺是日本"八女茶"的祖庭，明朝永乐四年（1406 年），日本高僧荣林周瑞禅师从印度朝拜佛祖胜迹后，来到苏州灵岩山寺留学，向曾应诏参加编纂《永乐大典》的灵岩山寺住持南石禅师学习农禅生活。当时，灵岩山寺僧众一面参禅，一面种茶。这种独特的农禅生活深受日本荣林周瑞禅师的赞赏，并引起他极浓的兴趣。因此，他在回国时，将灵岩山寺的茶籽和佛像经典带回日本。荣林周瑞禅师见到八女市郊黑木町大瑞山，松木苍郁，岩石重叠，土地肥沃，便将茶籽就地种下，茶树从而繁衍生长于此。自那以后每个部落都生产这种茶。1925 年在日本茶叶的全国评比大会上，筑后茶、笠原茶、星野茶等原本用地域命名的茶，统一都改名为八女茶。此后，八女茶这个名字开始在全日本以及世界上广泛传播。

　　八女地区的玉露，开始出芽是在 4 月的中旬，生长到 20 天左右的时间，要用稻草编制的草席将整个茶园都覆盖起来。

遮住阳光的茶叶，富含甘醇成分的茶氨酸，能酝酿出特有的味道和芳香。该茶每年立春后 88 天开始采摘，用第一批嫩芽制成的茶细如钢针，甚为名贵，它色泽乌黑透绿，苦中闪甜，味道醇厚，香气浓郁。4 月下旬到 5 月上旬，将手工采制的新茶送到制茶的工厂，经过加工，传统的玉露就完成了。

八女郡的星野制茶园

2019 年 4 月下旬的一天下午，我从福冈市专程到八女市星野村去品尝那里的玉露茶。从福冈到八女市大约四五十分钟的车程。车驶出福冈，进入八女市的市郊，沿途山峦起伏，树木郁郁葱葱，修竹挺拔，山坡上的茶园春意盎然之中愈加显得葱绿滴翠。星野村，位于福冈县和大分县的交界处，海拔为 200～1000 米，是空迫山山脚的一个绿色小山村。村内大部分是陡峭的山地，基本产业为农业和林业。农业的主要作物有茶叶以及苗木。据说星野村是日本唯一一个名字带"星"字的村庄，属八女郡，为日本最美丽的村庄联盟成员之一，最为著名的就是空气格外干净，星空格外美丽。

在山脚下流淌着的小河旁边，我们在一个叫作"星野制茶园"的日式房屋前停下来。茶店有上百年的历史，茶园招牌是用杉木制作的，看上去有一种沧桑古朴的感觉。店内正中有几排放有各种茶罐的小桌。我们来到以后就有服务人员端上来抹茶招待我们，一同端上来的还有一颗用当地盛产的瓷器作为茶托做的小点心。我们一边品尝着香绵温润的茶汤，一边观赏着店里琳琅满目的新茶，有一种沁人心脾、爽心悦目的感觉。不一会儿一位看上去 40 岁左右、身穿青色长衫、戴着眼镜、干净清瘦的中年男士来到我们的茶桌前，给我们讲起日本八女茶的品种类别、泡茶的步骤、如何欣赏和品尝。他讲八女茶主要是绿茶为主，出产的玉露在日本和世界上颇具盛名，主要有星野五月、星之玉露雫茶、雪深、八女白茶、绿扇、熟成姬绿和釜炒茶，等等。他接着讲，泡出好喝的茶有一定的窍门，而且要了解并配合茶叶的个性。如果用开水泡玉露茶，有涩味与苦味的儿茶素与咖啡因就会大量地释放出来，所以用 60℃ 以下的热水长时间浸泡的话，甘醇成分的茶氨酸才会大量地析出来。例如我们平常喝的煎茶、番茶或焙茶，用热点的开水才能泡出香味来，水温大概分别是 70℃、80℃、90℃。为了不让苦味和涩味渗出太多，我们泡的时间可以稍微长一点，一点一点等待为宜。如果说想要清醒的话，就要喝热的茶；想要放松的话，那就用温开水来泡茶。根据心情来改变我们泡茶的方法，是提高我们泡茶、品茶

星野制茶园十段茶师山口真也（茶店职工 摄）

技巧的手段，不过最重要的呢，还是要有经验。他继续给我们讲解，泡茶有一种不会失败的法则，第一个就是要使用好的水，比方说没有漂白粉的那种。水烧开后凉到一定的温度，把茶壶及茶杯用温开水热一下。第二再倒入适量的茶叶。第三要用手来试水温，我们拿着凉水杯，如果不觉得烫，说明水温已经降到了适合泡茶的温度，这一步重要的是耐心地等待水温的下降。第四就是泡茶，把加入茶壶当中的热水倒掉，放入茶叶。在已完全没过茶叶时倒入水，然后盖上茶壶盖儿闷，那么茶叶呢，基本上都按接触到温水即可。第五就是加入热水等待，等待茶叶整体的颜色发生变化以后，将剩下的温水倒进去，再盖上盖子。根据不同的茶叶确定不同的时间。最后向茶杯中倒出热汤，一点一点地仔细倒，可能要反复三四次，才能汲取出我们要的茶汤。先生说话轻声慢语，儒雅沉稳，内敛而不张扬。应我们想品尝一下这里的玉露茶的要求，他拿出一个泡水的急须壶（一种带有把手的瓷或陶的茶壶），在用热水温养过的这个急须壶当中，用茶匙和茶勺倒入适量的玉露茶，茶杯也用热水温养了一下。水烧开以后，让热水凉到大概四五十度，然后才倒入茶壶当中，盖上茶壶盖焖大约两三分钟。经过温水慢焖后，茶叶就会慢慢地舒展开，甘醇的味道就会释放出来。泡好了以后，他一点点地把茶水倒入茶杯当中，他说最后的一滴都要倒出来。他说尽管玉露茶是高级茶，但其实种植、治法跟煎茶都是一样的，不同的是茶叶的栽培方式，煎茶的茶叶是在日光下栽培，玉露的茶叶是在遮光的环境下长大。采茶前的一两周，整个茶田都用草席覆盖。果然，泡好的茶含一口在嘴里恰如其名，如琼浆玉露般。温润的茶水顺着喉咙而下，每一滴都值得回味。因为这种种植方法产生涩味的儿茶素减少，甘醇的茶氨酸增加，便形成了一种独特的味道，以及被称为"遮盖香"的茶香。

聊天中我们得知这位先生名叫山口真也，1978 年出生，是全日本 13 位十段茶师当中最年轻的一位，他在 32 岁时就获得了这个段位，为人很低调、很谦虚。他曾经在福冈的蔬菜茶叶研究所做过一段研究，又去了京都进行茶叶的研究。2006 年回到自己的家乡，来到这个星野制茶园。他连续两年在全国茶品审查技术竞技大会上获得优胜奖，在日本茶史上还是第一人。

福冈八女市海上象征美好爱情的吉星岩

几年以前我认识一位教授朋友孟先生，因为孟先生的妻子是日本人，在和他们夫妇的来往中，开始注意并饮用日本茶。日本茶的魅力在于享用茶叶的时候，不拘泥于泡法和道具，每个人的喜好和口味虽不同，但大体的方法应该是没有错的，只要有水、茶叶和茶器就行了。有了这些东西就能泡出一壶好茶，但使用好水是最重要的，泡的方法是其次。水是用净水器滤掉漂白粉的自来水，茶器用没有味道的容器就好，茶壶与筛网用不会生锈的陶制品为最佳，还有清洗茶器的时候不能用洗涤剂。即使是一杯美味的好茶，由于每个人的感受不同，饮用时的身体状况、心境不同，感受到的茶香与口感也会有变化。了解自己的喜好，冲泡出自己喜欢的味道就好，即使是同样的泡茶法，不同的日子里也有不同的感受，这也是我们品尝茶的乐趣之一。

喝茶的时候我们可以享受放松的时间，可以思考一些问题，放空自己的大脑，获得内心的平静。在这短暂而局促的人世中，找到片刻自在的感觉。工作之余忙里偷闲喝杯茶，回到家里跟家人一起喝杯茶，都能体会到茶带来的幸福感。我觉得茶应该是让人们享受生活并增加交流的媒介。苏东坡关于茶的名句"乳瓯十分满，人世真局促"，可谓阐释了品茶的终极意义。的确是这样的，正是因为有龌龊，所以需要茶的清洁；正是认为有缺憾，所以更需要茶的圆满；正是因为有局限、仓促与无奈，才需要茶的舒缓与从容、无边与自在。对茶的世界应该是越了解越深奥的。丰富的茶文化流传下来，到了现代更应该被好好地传承下去，我们在享受下午茶带来的愉悦和美好的时候，就会有这种珍重的心情吧！

写于 2019 年 4 月 26 日

东方牛津

2016 年 8 月，我们一行 3 人赴孟加拉国首都达卡，主要任务一是与印度国家石油天然气公司所属的海外勘探开发公司孟加拉国公司签订地球物理公司中标的 SS04&SS09 地震资料采集处理一体化项目合同；二是与孟加拉国家石油局进行技术交流，推广中石化的地球物理技术，了解孟加拉国地球物理勘探市场和物探技术的需求；三是与孟加拉国家石油勘探开发有限公司进行交流，洽谈未来潜在的合作事项。在此期间，我们应咨询公司慕士塔格先生的热情邀请参观了孟加拉国达卡大学。

慕士塔格先生是孟加拉国达卡人，毕业于达卡大学工商管理专业，高高的个子，黝黑的皮肤，言谈举止颇有些英国人的优雅。达卡大学是现代孟加拉国最古老的大学，由英属印度政府于 1921 年创立。达卡大学以牛津、剑桥的教育模式为模板，曾一度被称为"东方牛津"，对孟加拉国的发展有着重要影响。达卡大学也是孟加拉国最大的公立大学，学生人数超过 3 万，被《亚洲周刊》评为亚洲前一百的大学之一。

从酒店到达卡大学的路上非常拥堵，人力车、三轮出租车挤满了街道，我们乘坐的车辆在街道的缝隙当中一步步艰难地向前移动。达卡最常见的交通工具是三轮出租车和人力车，车身都描绘有当地特色的图案，色彩鲜艳得就像一幅流动的民俗画卷。无论是三轮出租车还是人力车，都装有各种各样的喇叭，在拥堵的路上，喇叭声此起彼伏，响声震天。

达卡街道上的少年人力三轮车夫

拥挤的街道当中一些商贩在车流当中穿梭，他们头顶箩筐，上面盛满了各种小吃、香烟，甚至还有书籍商贩车沿着车流在叫卖。堵车如此严重，各式车辆之间的剐蹭也在所难免，我们在车里看到这里的司机对发生轻微的剐蹭都只是互相看一眼，各自继续走自己的路。因经常发生剐蹭事故，以至于车都不修了，甚至公交汽车车体上都有一条条长达好几米的刮痕，看上去触目惊心。在达卡，公交线路都是由私人公司来运营的，因为堵车行驶缓慢，车门也不关，乘客可随时上下车。那些带着行李的人要上车，直接把行李扔在后面的行李箱里，下车的时候用手大力地拍拍门之后，车辆边开边跑，边打开行李箱，乘客拿出行李，再嘭的一声关上车门。人车混杂很惊险，但是当地人已经很习惯了。

我曾经问过慕士塔格先生，达卡怎么这么拥堵呢？他说：这主要是将近200年的时间里，英国的法律和财产的权利等西方的观念浸淫了这块古老的大地，来自殖民时期的痕迹，至今仍留在孟加拉国的司法、交通、教育、卫生、军事等诸多的领域，尤其是私有财产不可侵犯的观念，深刻地渗透到其后的时代。根据这一条法律，达卡每一条道路的修建与拓宽必须征得拥有房屋产权权利人的同意，实际上房屋所有者往往并不愿意被拆迁，其中的原因之一，就是权利人所获得的征地补偿，并不足以使他们在新的地方开始新的生活。一条街涉及很多户，有一户不愿意拆迁，这条道路就难以拓宽修建。法律对私有产权的保护是必要的，但是现在随着达卡经济的发展，大量的人口潮水般地涌向这座超级城市，现在它已经成为世界人口密度最高的城市之一，但是路况却始终没有改善，如此拥挤不堪的街道，是困扰达卡的一大顽疾。但是在当地人看来，这是生活尊严唯一的保障，交通的拥堵与法律的尊严哪个轻哪个重呢？其实现实是最好的答案，如果我们选择的话，就意味着结果和承担，所以我们只有坦然地接受。尽管看上去并不完美，但是无论如何，生活应该是值得人们去期待的。孟加拉国人相信，遵循古老的传统便可拥有改变未来命运的力量，因此我们可以看到在面对现代化冲击的时候，人们仍然保留着对传统的敬意与留恋。

经过了拥堵的路段，很快来到了达卡大学的校园。大学校园里很安静，道路整齐干净，房屋、教学楼都是用当地特有的红色石头建造，

外语学院门口为孟加拉语斗争而建立的雕塑

英式的建筑整齐而古典。校园里学生都朝气蓬勃、热情洋溢，

充满了积极向上的氛围和对美好未来的向往。孟加拉国历史上有很多的事件都与达卡大学相关联，校园里可以看见很多的纪念碑、雕塑以及宣传画。慕士塔格先生一边走一边讲解，有时会招呼学生和我们一起合影。在外语学院门口不远的地方有一座雕塑，几个年轻的男女昂首挺胸，手臂相连，慕士塔格先生讲这是为了纪念孟加拉国独立运动以及为孟加拉语斗争而建立的。

孟加拉语属于印欧语系，是孟加拉国和印度西孟加拉邦、特里普拉邦的官方语言。印度著名诗人、作家泰戈尔用母语孟加拉语进行文学创作，孟加拉语最早的文献之一是 10 世纪的佛教诗歌《焦尔贾博德》。孟加拉语是印欧语系中最接近东方语言的一种语言，接近阿萨姆语，也受到奥语系和汉藏语系的影响。1972 年孟加拉国宪法规定："孟加拉国官方语言为孟加拉语。"我们参观完纪念学生运动的纪念碑以后，沿着校园继续参观。

在写这段文字的时候，正值我国的五四运动 100 周年。遥想当年在充满爱国精神的大街上，有那么一群学生，他们高举爱国的旗帜，用自己的一腔热血，书写了激昂的篇章；用自己的歌喉，呐喊着爱国的口号；用自己的青春，谱写着祖国的未来。达卡大学青年学生的抗争也同样熠熠生辉。

写于 2019 年 5 月 6 日

铁壶的枯寂与茶道的温婉

2018 年 9 月，我们夫妇准备由日本的青森去函馆，再去北海道的札幌旅行，但由于去函馆的前一天，北海道发生 6.9 级地震，故不能如愿成行，无奈之下我们便另行计划去岩手县的盛冈进行一次发现和探寻铁器之旅。到弘前市的火车站旅行咨询处，我们了解到去岩手县的盛冈有火车或客车两种方法，假如不嫌昂贵的话，当然还有出租车。鉴于乘坐客车去盛冈比较方便，大约需要三个半小时，可以直接到达，不需要换乘，我们便买了两张去盛冈的汽车票，坐上了去那里的客车。客车很干净，乘客不是很多，买的票不论时间，可以乘坐任何车次。车在蜿蜒的山间公路上行驶，公路两侧森林茂密，溪水潺潺。行至半路，天空下起了小雨，而且越下越大，便见修竹和树木更加苍翠欲滴，空气更加清新，心情也更加爽朗与舒畅。

客车按时到达岩手县的首府盛冈市，盛冈的汽车站与火车站是在同一个地方。在车站的观光信息咨询处，我们了解了南部铁器的几个厂房和地点，以及如何到那里。一位 50 岁左右的服务员很是热情，她没有想到一对来自中国的客人会专门来南部探寻和发现铁器作坊。她认真地给我们讲："实际上铁器的作坊都是在乡下，都是离盛冈市较偏远的地方，有客车到达，但是客车等待的时间较长，如果到达那里逗留一会儿，要再返回盛冈，返回青森，那就有点困难了，而且现在下着雨，雨又越下越大，可能会有些困难。另一个就是，现在的铁器作坊很少开工作业，即使在作业也不会对外售卖。因为一般情况下铁瓶铁壶是需要有订单的，而且那里也没有几件产品。如果你们想购买的话，还不如到城市的几个专卖店去看一看。盛冈市有 3 个较知名的南部铁器专卖店或者是盛冈本地的产品特产销售店。"服务员边说边给了我们一张市区地图，并把 3 个专卖店分别标注出来。我们表示感谢以后便艰难地冒雨去寻找。还好，顺着旅游地图，我们不到 40 分钟便到了一个名为"御釜屋"的南部铁器工坊。"御釜屋"属于南部铁器四大家族之一的小泉家。工坊的位置比较偏僻，里面放着炉子和各种工具，但不直接对外售卖。如果需要购买，需要在网上提前预订，可能几个月后才能交货，而且价格比较昂贵。从"御釜屋"出来，折回市区，在盛冈城迹公园附近，我们发现有一家商店里面有专门的区域卖盛冈手工艺品等特产。我们还找到一个大商店，里面也有卖盛冈特产的专柜，有铁瓶，也有风铃等装饰物，还有厨房用具。我转了两个店，还是不能免俗购买了一把外观看上去古朴庄重典雅的铁壶。据说铁器对人体健康有益处，因为铁器烧煮时，二价铁离子

南部铁器工坊"御釜屋"

会不断释放到茶水和食物中，是容易被人体吸收的铁质，可预防贫血。且铁器本身有细小的凹凸和孔隙，更容易保留和传

导热量,在烹饪中也能使食物受热均匀,保留食材的鲜美滋味。经由铁器烧煮的水,口感也更清冽甘醇。看着琳琅满目的铁器制品,我们又买了几件摆在茶桌上的仿得极像的小黄瓜、小辣椒、小鸟等茶虫之物以及一把樱花铁壶。后又冒着纷纷细雨参观了盛冈古城遗址,在干净整洁又陌生的街道上随意地漫步,满意而归。

"南部"两字源于400年前的江户时代,日本南部信直(战国时的武将)修筑了盛冈城,并成了盛冈的藩主。盛冈特产中有一些含砂铁、岩铁等的优质铁矿资源,加上拥有川砂、黏土、漆等铸铁业需要的优势资源,南部信直又请来了铸物师铃木缝和釜师小泉五郎七、有坂、藤田等人,自此盛冈就开始了铁器的制造,同样"南部铁器"也就被命名了。南部历代的藩主对于铁器产业和文化都非常关注,第八代藩主利雄公特别喜欢茶道,因此御用釜师制作的汤釜(煮水用的铁锅)被幕府和藩主作为送礼佳品,一时间南部铁器名声大噪。而且利雄公统一了南部藩内的茶道,拜师于御釜师小泉仁左卫门,尝试自己制作茶具。而小泉仁左卫门改变了传统的茶具,采用铁瓶代替汤釜泡茶,也就是在汤釜上加了壶嘴和壶把,改良后的铁瓶比传统的汤釜使用起来就更为方便,因此南部铁器中的南部铁瓶就迎来了发展的高峰期,至今南部铁器仍沿袭了这种传统造型。

盛冈作为日本南部铁器的发源地,后来发展出南部铁器的四大流派:坂家、铃木家、藤田家、小泉家。据说从日本宽永年间得享盛名,迄今延续400多年的铃木家铃木贯尔的长女熊谷志衣子是有史以来第一位女性传承人。在她的眼中,南部铁器是"强硬的金属,在其显示出最柔和的一面时,感

到达东北新干线盛冈站的纪念邮戳

受到它的温度，内心会有一种难以言喻的温柔。想赋予它生命，铸造出有生命的器物"。南部铁器确非普通的器皿。生铁铸造的铁壶，无论是大的铁瓶，还是小的急须，其铁质所特有的朴拙厚重，都合于日本茶道"和、敬、清、寂"的美学追求。在黝黑的器身上铸造出纤细的纹样，如樱花、仙鹤、松枝、月亮等，或一叶扁舟，无论繁复与纤巧，都不减其敦厚。在日常的烹煮和摩挲中，铁器的表面受到润泽，呈现出近乎陶器的温润光泽，毫无铁器的坚硬冰冷。日本茶道讲究侘、寂之风，铁壶有一种质朴的气质，历经光阴淘洗，愈见侘与寂。于日本茶道，铁器似乎是最适宜的器具，连声响也成为境界的一部分。明治时代美术家冈仓天心在《茶之书》里写道："他们安静地顺次进入茶室，坐在自己的位置上，首先向壁龛里的挂轴和鲜花致礼。等到所有的客人都落座以后，除了铁壶中的水沸声之外，再也没有声音打破茶室中的寂静时，主人才会进入茶室。铁壶中发出灵妙的声响，为了这种独特的音调，铁壶底会放置一些铁片。从这种音响中，人们会听到云雾缭绕的瀑布低沉的回声，遥远的海浪拍打岩石的回声，暴风雨扫过竹林的回声，或者远山松涛的声音。"虽然南部铁器除了茶道中使用的汤釜、铁壶和花器，还有锅、釜等日常用品，以及佛具、风铃。但是南部铁器的出名，实在有赖于茶道的兴盛。

日本人的日常生活中，铁器是很常见的物件。铁本是杀伐之器，日本南部藩的匠人们却在炉火与茶香中，将它锻炼成朴拙敦厚的壶、瓶、釜、铃，演绎成日常生活中诗意的一部分，在与人天长日久的厮磨中带上了体温，契合日本民族质朴寂静的审美。这一技艺曾因历史的巨流几乎被湮没，但是传统被顽强地保存了下来。几百年来，世代相传的铸物师熔铸生铁，为冰冷强硬的金属赋予生命，也传承着家族的使命与荣誉。

写于 2019 年 5 月 6 日

德黑兰大学矗立的菲尔多西雕像

伊朗引以为豪的就是它的古代文明以及其对波斯文字的传承。因为决定一个民族的文化是否博大精深的一个重要因素，就是语言文字。语言是世代相传的一种文化成就，语言既是文化的缔造者，也是文化的维护者。在伊朗数千年的历史长河中，一直延续使用着一种语言——波斯语。

自左向右：艾巴斯·阿塞米、马哈纳兹和作者本人（朱生旺 摄）

2016年4月，我们访问了伊朗国家石油勘探局和伊朗中部石油公司，在分别与伊朗国家石油勘探局局长、伊朗中部油田总经理举行工作会谈、合作前景和技术交流之后，胜利石油工程伊朗公司项目秘书马哈纳兹女士联系德黑兰大学国际交流中心教授艾巴斯·阿塞米先生，邀请我们到德黑兰大学学习参观。德黑兰大学是伊朗历史最久，也是规模最大的大学，被誉为"伊朗大学之母"。该校建于1934年，占地面积22.5万平方米。建校伊始，德黑兰大学有6个学院，分别是：医学院、技术学院、哲学院、法学院、科学院和文学院，后来逐渐发展，成为伊朗规模最大的大学。此外，德黑兰大学还附设有数座图书馆、文化中心、医疗中心和娱乐中心等。

在伊朗的综合大学里，德黑兰大学无疑是最著名的。尤其是近年来，它的教学和科研水平已越来越引起国内外人们的关注。目前这所综合性大学设有自然科学、人文社会科学、工程、医学、制药、农业、法律、政治、经济、

德黑兰大学标志性校门（马哈纳兹 摄）

生命科学、资源环境和国际贸易等科系或学院。另外德黑兰大学还增设了中东和考古研究、社会扶贫调查、防治恶性疾病和高科技研究等专业和研究中心。校园坐落在德黑兰市中心，部分院系分散在市郊。校园中心广场景色秀丽，靠近足球场是大学的中心图书馆，北面有一座古典与现代结合的宏伟的清真寺。这所大学的礼堂以古代波斯最著名的诗人菲尔

多西的名字命名。在人文学院楼前广场上矗立着诗人的雕像，把这所著名大学装点得愈加神圣。

艾巴斯·阿塞米先生站在诗人的雕像前，详细地向我们介绍了菲尔多西的思想、事迹和对波斯语言的贡献。他语调舒缓、深情而坚毅地介绍，波斯文学是另一个令世人赞叹的文化遗产，在中世纪，波斯文学创作水平已高度发展。有许多用波斯语写成的著作闻名于世，特别是11世纪初问世的波斯民族史诗《列王纪》，其作者即为诗人菲尔多西。《列王纪》在当时被广为传抄，全国上下喜闻乐见，城乡传唱。脍炙人口的诗篇，不仅为伊朗人民所钟爱，而且在世界范围内也广为流传，先后被译为英、法、德、俄、中等多种语言，在世界文学史上占有重要地位。《列王纪》（又译作《王书》），是一部卷帙浩繁的民族英雄史诗巨著，叙述了波斯古代王朝的文治武功和民族英雄的功勋业绩。全诗内容可分三部分：神话故事、英雄故事和历史故事。《列王纪》用标准波斯语写成，对波斯语免遭同化，起了关键性作用。《列王纪》语言生动，情节曲折，人物栩栩如生。世界著名作家歌德、车尔尼雪夫斯基等，也都给这部作品很高的评价。

菲尔多西（940—1020），本名伊本·卡西姆·曼苏尔，生于一没落贵族家庭。菲尔多西早年受过良好的教育，通晓古波斯语和阿拉伯语，曾对多种波斯历史和文学古籍进行深入研究，熟知波斯故事和民间传说故事。人文学院大楼前的雕像前，树木葱茏，华荫如盖，凉风习习，三五成群的俊男靓女在此或吟诗或漫步，其景象安静祥和。

未到伊朗前，总以为伊朗是一个宗教气氛十分浓厚的神秘国家。身在德黑兰，且在德黑兰大学才知道，伊朗原来更注重传统文化、信仰基础。伊朗有诸多保存完好，至今熠熠生辉、引来全世界瞩目的名胜古迹。大街上美女云涌、风景如画，阳光随时映照一切，人走在里边就像走在菲尔多西的诗歌里。中国与波斯是古丝绸之路上的重要国家，两国的交流历史源远流长。两大文明在相互碰撞、互鉴、交融和创新中丰富、拓展了两国的文化内涵，为文明的传承与发展做出了重要贡献。中国从波斯引进大量物产，如葡萄、石榴、黄瓜、胡椒等植物，而波斯学习中国丝绸、铁器、瓷器的生产技术，获益颇多。中国与波斯的交往使东西方物种交流、商品贸易、宗教传播、文明传承和创新成为可能。波斯客观上是东西方文明交往的纽带，具有世界性的意义。

波斯伟大诗人菲尔多西的名字以及他不朽的史诗《列王纪》对中国读者来说并不陌生。早在 1934 年，全世界文学爱好者纪念这位诗人诞辰 1000 周年时，中国文学界也做出相应的反应。在当年的大型文学刊物《文学》上，发表文章《波斯诗人菲尔多西千年祭》，文章署名伍实。该文详细介绍了菲尔多西及其《列王纪》，文后还刊载了一则译自《列王纪》的故事《贾姆席德与佑哈克的故事》。文章作者指出："首先，应该认清菲尔多西在世界文学史上的地位，并不能把他作为一个狭隘的民族诗人去看待，他是真正的波斯民族的代表诗人。"中国著名文学家郑振铎在其所著的《文学大纲》中，设专章介绍了 27 位波斯诗人，菲尔多西在这 27 人中占有显著地位。书中指出："他的诗名极高，在欧洲人所知道的波斯诗人中，他是他们熟知的第一个大诗人，他的地位和希腊的荷马一样。"

伊朗是著名的文明古国之一。几千年来，勤劳、勇敢的伊朗人民创造了辉煌灿烂的文化，特别是在医学、天文学、数学、农业、建筑、哲学、历史、文学、艺术和工艺方面都取得了巨大的成就。诗人菲尔多西的史诗《列王纪》等不仅是波斯文学的珍品，也是世界文坛的瑰宝。《列王纪》诗韵和歌词优美，获得全世界的赞叹。愿伊朗人用菲尔多西诗中之精神，在当今这个多变的世界中，留更多美好与灿烂。

写于 2019 年 5 月 25 日

的的喀喀湖

应玻利维亚国家石油公司总裁邀请，2012 年 4 月上旬，我作为技术交流代表团成员访问了玻利维亚国家石油公司，拜会玻利维亚国家石油公司管理层，玻利维亚方面的专家建议我们到的的喀喀湖（Lake Titicaca）去做一下地质考察，以便对本地区的地质等情况有所认识，这样对工作开展更为有利。

从玻利维亚的首都拉巴斯出发是在当地时间上午十点半左右。拉巴斯是座名副其实的山城，它是世界上海拔最高的首都。平均海拔高达 3600 米，整个城市建筑在一个雪山环绕的巨大山谷中。建筑依山势而建，层层叠叠，街道几乎都是坡道，整个城市犹如一座阶梯状的巨型体育大看台。走在城里的坡道上，远远看去，头顶上挂满了一层又一层的房屋，给人一种异样的感觉。山坡上那密密麻麻、漫无边际的房屋，由各种红色耐火砖砌筑，直漫过城市四周的山顶，砖红色成了这个城市的

身着当地传统服饰的拉巴斯女士（何志亮 摄）

169

主色调。城市坡道的底部是西班牙殖民时期留下的老城区和城市中央商业区以及政府机关，这里有大片现代化的高楼群，给这个城市增添了几分时代气息。拉巴斯街头随处可见身着传统服饰的当地妇女，她们无论年龄，都梳着长长的麻花辫，多戴一顶圆顶礼帽，身着毛衣、大披肩和大圆褶裙，脚上穿一双式样简单的皮鞋，再加上一双长长的羊绒袜。

拉巴斯是一个印第安人和印欧混血人占绝大多数的城市，地域文化传统都带有明显的土著色彩。沿着两边山谷陡峭而蜿蜒起伏的小路，爬出拉巴斯山谷后，便到了海拔 4000 多米的南美安第斯高原。在广袤的草原上缓缓地行进，透过车窗可以看到在这高原上生长着大小、高低不一的黎米和小麦。据说居住在的的喀喀盆地上的艾马拉人现在仍在使用印加时期以前在梯田上耕作的方法。由于山势陡滑，而且在公路上有很多的减速路障，感觉汽车行驶了好久才到达秘鲁和玻利维亚的边境口岸，位于的的喀喀湖的南边，是从玻利维亚这一边去的的喀喀湖的必经之地。因为地处高原，没有工业设施，居民也比较少，所以这里看上去是一个明快、迷人、安静的边境小城。

的的喀喀湖面积有 8330 平方千米，海拔 3812 米，水深平均 100 多米，最深处可达 256 米，它是南美洲海拔最高的淡水湖，也是海拔 2000 米以上面积最大的淡水湖。它位于玻利维亚和秘鲁两国交界的科亚奥高原上，被称为"高原明珠"。的的喀喀湖形成于古地质时期的第三纪，在强烈的地壳运动中，随着科迪勒拉山系隆起及巨大的构造断裂，在东科迪勒拉山脉和西科迪勒拉山脉之间，形成了一条西北一东南走向的构造盆地，的的喀喀湖就位于该构造中，所以人们称之为

构造型的湖泊。为什么会有"的的喀喀"这个奇怪的名字呢？流传着两个美丽的传说。一个传说是：太阳神创造了印加民族，印第安人

船头尖翘、轻巧灵便的草船

在这片土地上大量开采金矿，他们把用黄金加工出的各种物品携带在身上，这个湖被取名为邱基亚博（印第安语意为聚宝盆）。太阳之子某天出去玩耍时被凶猛的豹子吃掉了，太阳神哭呀哭，眼泪流成了一个湖。印第安人感念太阳神的恩德，上山把豹子全部打死，又建起了一座太阳神庙，搬了一块象征豹子的石块放在里面。石豹用本土语言翻译为的的喀喀，邱基亚博湖就改名换姓成的的喀喀湖了。还有一个传说是：水神的女儿伊卡卡爱上了青年水手蒂托，水神发现后大怒，将蒂托淹死。蒂托死后化为山丘，伊卡卡则变成浩瀚的泪湖，印第安人将他俩的名字结合一起称为的的喀喀湖。

我们乘着小艇，行进在充满了神秘色彩的湖上。由于地处高海拔地区，这里的空气显得特别的清凉。阳光洒满了整个高原，清澈的湖水倒映着蓝天白云和远处的山峦，如精美绝伦的蓝宝石一般。当小艇在缓缓前进时，你可以看到大片大片倔强的香蒲草，从很深的湖底淤泥中刺破了湖水，傲然挺立在湖面上，一望无际的香蒲丛中有纵横交错的水道。生

活在湖上的乌鲁斯人，常常单人划着用湖中的芦苇和香蒲编织成的一种名叫拖拉的小船在水道上出没。这种两头尖翘、轻巧灵便的草船，航行在湖光山色之中，构成了的的喀喀湖上的独特风貌。

从码头乘船大约一个小时，我们便来到了湖中的一座神秘小岛，一座由水草编织而成的、漂浮的、能够在其上生活的岛，据说这样的岛在湖上有几百个之多。我们行走在这个小岛上，感觉脚下非常松软。有几户人家住在自己搭建的简易的房子里，岛上和房子的外面，有一些自己做的工艺品。比如用蒲草做的小型的工艺船，有点像我们国内的小龙舟；用蒲草做成的、盛放东西的草盆；用当地的棉花做成的粗纺的棉布工艺品以及刺绣；等等。见我们到来，主人便热情地上来和我们打招呼。在这里，殖民文化和印第安文化被奇妙地融合，形成了该地区特有的地域文化。岛上的人至今仍使用印第安语言，保持印第安生活传统，却都是虔诚的天主教徒。乌鲁斯人的漂流岛是的的喀喀湖上最受欢迎的参观项目。乌鲁斯人是印第安阿依马拉族的一支，作为一个小部落，他们为了避开印加等帝国的侵略而逃到了湖中。他们择"芦"而居，吃芦笋，用芦苇根造出巨大的浮岛。在岛上用芦苇造房子、造船、造一切生活必需品。据说造浮岛的基础就是把那些长年累月生长的芦苇的根切成方块儿，在每一个方块的中间插一些木棍，然后把这一块块的芦苇根块排起来，用绳子把这些中间插着木棍的根块绑在一起连成一片，这样浮岛的基础就打好了。接着把割下来的新鲜芦苇横一层竖一层地铺在刚打好的基础上，这样浮岛就基本上建成了。建成以后再用绳索木桩把浮岛固定在一个不太深的湖底就行了。然后他们再搭起芦苇屋，垒石头灶，就可以在上面生活了。另外，新鲜的芦苇不断地生长，又形成新的芦根，就可以较长时间地维持浮岛的漂

乌鲁斯人和闪着明亮眼睛的羊驼在欢迎我们

浮，据说能够维持约 30 年时间，但浮岛下面腐烂的芦苇，要经常进行清理。岛上的人们知足常乐，在漂流岛不大的一方天地里，世世代代生活着，将用苇草制物的手艺口口相授。今天，仍有数百人居住在这些漂流岛上，据说最大的一个漂流岛上还有学校、邮局和商店。

我们可以看到男性居民戴着自己制的长绒线帽，帽子据说有讲究，如果帽子是全红的，那就说明他已经结婚了；如果帽子是红白两色的呢，那么就表示他还是单身；不同的花色又代表不同的身份和地位。和大陆上的印第安妇女不同，这儿的女人们不戴帽子，她们喜欢用一块大的披巾来遮挡阳光，身着宽大的披巾、蓬松的百褶裙行走在如诗如画的小岛上，有一种出世的美。他们穿着的一个共同的特点就是色彩艳丽，风格独特。我们在岛上和他们一边聊天，一边合影。其间，他们拿出自己家中做的东西让我们品尝，他们说湖中的鱼虾众多，湖中原始的鱼类主要有两种，主要是带有黑带或者黑色条纹的小鱼和一种鲶鱼。他们炸的小鱼和我们用滚过面糊

173

后炸过的小鱼有点像，没有什么特别的味道。的的喀喀湖对印第安人的恩赐还有一个东西，就是土豆。土豆最早的产地就是南美洲的的喀喀湖附近。早在一万年前，的的喀喀湖附近就有人种植土豆。大约是在明朝年间，土豆由欧洲慢慢传入中国，成为中国人的主食之一。

湖光山色之中，我们又回到了陆地，高原的景色竟如此不同，岸边草地上高高的羊驼竖着耳朵、闪着明亮的眼睛在欢迎我们。的的喀喀湖这颗南美高原上的明珠、这个印第安人的圣湖，以其优美的景色、自然淳朴的风光和深厚的文化底蕴，张开双臂，无私而热情地迎接着来这里的人们。

写于 2019 年 6 月 12 日

在伊思法罕尼亚家做客

　　伊思法罕尼亚（Isfahani）是伊朗国家地质测绘工程局的一位工程师，同时又给中国石化在伊朗物探项目做咨询工作。瘦高的个子，沉静的脸庞，说话慢条斯理，做事有板有眼，是一位阿塞拜疆族的伊朗人。我们访问伊朗期间，他给我们做与伊朗石油局以及石油公司等方面的联络人和向导，办事规规矩矩，很有章法，任务完成得很不错，与伊朗方面的沟通也很顺利。在结束工作访问的时候，他热情地邀请我们去他家里做客，我们愉快地接受了邀请。

　　伊朗周四、周五为休息日，这个周末我们去了距德黑兰有 500 公里之遥的伊思法罕尼亚家。途中路过的大部分是山地、戈壁和沙漠，公路还算平坦，车辆不是很多，还经过像设拉子这样盛产玫瑰的古老城市。因为时间的原因，我们没有去市区参观。我提议在那里停一下车，去花店购买些鲜花，作为去伊思法罕尼亚家的见面礼。伊思法罕尼亚听说以后非常高兴，便带领我们去了一个鲜花店，我们选了几种不同颜色的花束，有玫瑰花、蔷薇花、百合花等。经过 3 个多小时的车程，我们来到了一个安静、整洁的小镇，在一幢黄褐色的二层楼的院门前停了下来。院门口已经聚集了七八个人在等着我们，我们下车以后和他们一一拥抱，为首的一位和我们行了贴面礼，伊思法罕尼亚介绍说这是他的爸爸，名字叫拉苏尔（Rasoul Dallal Isfahani），今年 78 岁了，是一位建筑结构工程师。在门口等待我们的还有伊思法罕尼亚的母亲和他的姐姐瑞纳·伊斯法哈尼一家。据说伊朗有一个传统礼俗，就是假如有客人来家里做客，全家人都要出来迎接。场面很温暖，很热烈，又充满仪式感，让我们深受感动。

我们脱了鞋，进入客厅。客厅很宽敞，四周摆了沙发，地上铺了有华丽图案的地毯。还没有坐定，伊思法罕尼亚的家人便给每个人端来了特色果子露，伊思法罕尼亚的爸爸说这是一种甜味冷饮，由混合的果汁制成，以玫瑰水作香味，采用的都是柠檬、石榴、草莓、樱桃、杏、薄荷等天然原料。冷饮很甜很香，我感到还有点不太适应。接着他们又端上了一种叫作Shekerbura的甜点，里面装满了磨碎的杏仁、榛子、核桃以及姜黄、茴香、香芹籽、肉桂和黑胡椒等。尝了甜点以后，主人又上了红茶。红茶是伊朗人的国饮，在伊朗，人们通常喜欢用铜器制作茶，我看到茶都是放在一个精致的铜壶里的。红茶有一种特殊的玫瑰香味，油润浓郁、色如琥珀，汤呈红色，茶杯是与茶色相映成趣的红玻璃杯，杯身布满了雕刻细密、花纹精巧的金属镶嵌，茶汤颜色与茶杯颜色相映成趣，艳丽别致。据说伊朗的男女老少都爱饮茶，只要有空就会喝茶，一天喝十几杯茶对他们来说很正常。在伊朗这样一个人口近7000万的国家，茶的消费量惊人。有数据显示，伊朗每年的茶叶消耗量是4万吨。更特别的是，伊朗人喝茶讲究的是"见水不见茶"，送到客人面前的茶，杯底不能有渣滓，而且要求茶汤还是热的，还得具有香气。由于新沏出的红茶略苦微涩，所以伊朗人饮茶时，方糖必不可少，却从不添加牛奶，为的就是感受那种醇醇的茶香。方糖并不投入杯里，而是直接放入口中，然后就着糖啜茶。如此一来，糖块的大小、融化的快慢就可以决定茶水的甜度，醇厚、涩绵而回甘。我们一边品着茶，一边和他的家人天南海北地聊起来。因为伊思法罕尼亚的姐姐是工艺美术家，所以我们围绕着伊朗和中国工艺美术方面的事情聊天。他的爸爸把他女儿在一个弯曲成"S"形瓷盘里做的一个栩栩如生的金鱼工艺品赠送给我，我一个劲儿地赞扬她做的工艺品精致逼真，他姐姐则认为中国的丝绸和刺绣工艺品是举世无双的，她说真想到中国旅游，亲眼看看这些美轮美奂的工艺品。

　　时间过得很快，一会儿即到了下午的两点多钟，老人问我们是不是饿了，建议开始午餐。餐厅就在大厅的旁边，布置得非常美丽精致，餐桌上有鲜花、桌布、餐巾、酒杯、茶杯、高台蜡烛以及各色餐具。午餐开始前，伊思法罕尼亚的爸爸举起酒杯，说："在伊朗是不能喝酒的，你们从遥远的中国来，这是我家自己酿造的甜酒，我们全家非常高兴并欢迎你们的到来。"接着陆续上了一些美味佳肴，这些都是有阿塞拜疆风味和伊朗风味的特色食品。第一道美食便是以切碎的羊肉为主的肉丸子，味道鲜美，香气独特。主人说丸子伴有罗勒、肉桂、丁香、莳萝、欧芹、香菜、薄荷等香料，所以吃起来才有这个味道。丸子个头比较大，每人分一个到盘子里。接着上来的是传统的美食葡萄叶包饭。馅料是以肉末为主料的荤馅和以稻谷、蔬菜为主的素馅。其中，素馅由橄榄油烹制，除了大米，还包括葡萄干、洋葱、果仁、豆类甚至瓜果，当地人通常叫它"fake"。第三道菜烤羊肉串和烤鲟鱼串，烤制而成，配上一种叫作 narsharab 的酸甜石榴汁，还有鱼子酱等。菜上得比较多，量也比较大。席间还有一些蔬菜，好像有番茄、甜椒、洋葱、酢浆草、萝卜、黄瓜，配以新鲜的香草，包括薄荷、香菜、百里香等。伊思法罕尼亚的爸爸讲，他们全家为我们的到来准备了两天。听到这里，我们非常感动。后面又上了抓饭，抓饭是阿塞拜疆族最有名的菜肴之一，配料有羊肉、火鸡肉、坚果、酸味水果和肉桂，我只是尝了一点点。最后还上了酸奶和甜点。餐后又给我们准备了红茶，伊思法罕尼亚的爸爸好像还意犹未尽，又把一个他女儿刚刚做完但还没有包装好的穿着艳丽服装的形为伊朗小女孩的工艺品赠送给了我，让我非常感动。他拉着我的手，走到院子里，向我们一一介绍他种的几种树和其他植物。院子不是很大，有 20 平方米的样子，种有葡萄、玫瑰、蔷薇花等，还有一棵无花果树，树上面已经有了小小的幼果。老人一边介绍，一边很自豪地说，他每天早晨、晚上都要看很多遍，还要给它们浇水，看着它们长大开花结果。说起这些，老人脸上洋溢着幸福而满足的笑容。

　　转眼已经到了五点多钟，因为回程还有很长的路途，我们必须离开了，就此依依不舍地同他们告别。又是同每个人热情地拥抱、握手，在外边的几个小辈也马上赶了回来为我们送行。上车了，我们向他们挥手告别，连说再见。等我们到小镇路口转弯的时候，回头看看他们，一家老小还站在那里向我们挥手。望着窗外伊思法罕尼亚一家渐渐缩小的身影，我在想，世界上总有些遇见，能触碰到内心的柔软，总有些暖意穿尘而来，与岁月深深相处，和时光相宜静好。我的心里默默地祝福伊思法罕尼亚全家生活幸福快乐，祝福老人家健康长寿！

写于 2019 年 5 月 22 日

三十三孔桥

　　北京颐和园昆明湖上，有一座清朝乾隆时期建造的十七孔大石桥，名曰十七孔桥。在有"中东佛罗伦萨"之称的伊朗的文化古都伊斯法罕，也有一座颇具特色的石桥——三十三孔桥，它建于阿巴斯皇帝时期，因有33个桥孔而得名。这座建于17世纪初（1602年，由阿巴斯一世的大臣格鲁吉亚族阿拉威尔迪汗负责建造，是伊斯法罕最漂亮的一座石桥，石桥本身也是一个多功能的建筑）的双层大石桥，全长298米，宽13米，带有33座拱门是萨法维时期的代表性建筑。建造初期主要是起拦截河水的作用。桥的一面是平坦的河面，另一面则是形成瀑布的水坝，桥不高，但气势非凡，美丽的拱门桥矗立在奔流的扎因达鲁德河中。

　　从伊思法罕尼亚家出来天色开始暗下来，我们在伊斯法罕城里的一个颇有伊斯兰特色的餐厅用晚餐后，又来到了扎因达鲁德河古老的石桥参观。傍晚的三十三孔桥十分热闹，这里是伊斯法罕人傍晚最佳的休闲聚会场所。华灯掩映下的三十三孔桥，端庄优雅、沉静多姿，它像无声的历史画卷，美得让人流连忘返。随着夕阳西下夜幕降临，金黄色的暖光灯让夜幕中的孔桥更显妩媚的气质。灯光装饰下历经400余年的三十三孔桥，像一位纯洁的公主，静静地倒影在水中，美得让人心潮起伏，丽得让人刮目相看，妩得让人一见倾心，媚得让人难以形容。

　　我们先是从桥面上走过，后来又从桥下穿越桥墩，近距离观察这座古老的石桥。这座桥从设计上来说是十分精巧的，由于大量运用了拱顶结构，整座桥十分坚固，还节省了许多工程量。桥的柱子采用三角形分解了水的冲力。三十三孔桥分上下两层，下层有 33 个半圆形桥洞。桥上的构造更为讲究，中间的桥面被侧面两排 3 米高的墙面所夹裹，墙面上每隔半米就有一扇弧形门。桥两面外侧各有 1 米左右宽的空间，形成一条走廊，当清晨和傍晚阳光平射在桥上时，就形成一幅非常美丽的图画。河水流动的声音和人们的欢声笑语汇合在一起，演奏出了一曲历史的交响曲。江边的南岸、北岸、桥上、桥下、桥洞里和河面上，树荫下、草地上，凡是能坐的地方都聚满了人，有的是两人，有的是三四人，有的是五六人，铺上一块毯子，就地野餐，谈天说地，享受属于自己和家人朋友的美丽的休闲时光。伊朗人如果坐在广场或草地上，一定会带毯子，他们的毯子花色各不同，坐下来前一定会把毯子铺好，如果地毯铺的位置不满意，总会有人拖着毯子到处找地方，很多外国人把这种生活称为"毯子生活"。我们的波斯毯子是用来挂着欣赏的，而伊朗人是用来野餐的。

金色的暖光撒在水面上，整个三十三孔桥像是被镀了金一样。我站在桥上望着熙熙攘攘的人群，看到河畔台阶上、桥洞里、桥上的拱门里的人们，竟然生出一种说不清道不明的无限感慨。我们在游览了整座桥的外部后，也入乡随俗地坐观拱桥两岸的夜景。伊思法罕尼亚说这里人头攒动、熙熙攘攘的热闹场景要一直延续到深夜，只有清晨才会有短暂的宁静。伊朗人很友好，不停地和我们打着招呼，很多年轻人向我们挥手致意，也有的人过来要和我们合影。夜幕中，灯光下的三十三孔桥在向我们极力地展示它迷人的魅力。不过这座已经是伊斯法罕地标性建筑的桥梁现在已经是完全的步行桥，它的实际功能已经从便利交通转变为美景观赏。

华灯装饰下的三十三孔桥端庄优雅、沉静多姿

在这里悠闲游览的游客和在这里享受休闲时光的当地人与三十三孔桥相得益彰，这景象犹如一幅画卷，不知不觉地融入了漫漫的历史长卷中。

从三十三孔桥回来的路上，石桥上淡定的人们轻松惬意，有的甚至放声高歌，这一幕幕场景一直在我的脑海里回放。一个个的桥洞，一块块的地毯，一片片的草坪，就像被分成的一个个小世界，也许这就是真实的伊朗。

写于 2019 年 5 月 27 日

莫斯科罗蒙诺索夫国立大学

莫斯科罗蒙诺索夫国立大学，简称"莫斯科大学"，是俄罗斯联邦规模最大、历史最悠久的综合性高等学校。1755年1月25日，由沙皇俄国著名教育家 M.B. 罗蒙诺索夫倡议，沙皇伊丽莎白·彼得罗芙娜下令建立，同年4月26日开始授课。这是一所历史悠久且拥有优良传统的大学，以师资雄厚、设备完善、高教学质量和高学术水准而享誉世界。莫斯科大学是俄罗斯有独立的自治权的大学，其《章程》由俄罗斯大学教职工代表大会研究制定。该校旧址一开始设在莫斯科红场边上的中心药店莫霍瓦亚街11号，18世纪70年代，沙皇叶卡捷琳娜大帝将它迁到莫霍瓦亚街另一侧的一座新古典式建筑中。1812年，法兰西帝国皇帝拿破仑攻入莫斯科，学校被焚毁。1817—1819年学校得到重建，撤离的师生重回校园。学校进行院系改革，开始引入西欧教育理念与思想。19世纪末20世纪初开始建立新型的科学研究机构。第二次世界大战后，斯大林下令在莫斯科市中心周围建造了被

冰雪中的莫斯科大学远眺

称为七姐妹的七座建筑。1953年9月，在莫斯科西南的列宁山上建成新校舍。新校舍是当时欧洲最高的建筑，总高240米，正面宽450米，是莫斯科市7个典型的斯大林式建筑中规模最大的，顶端是五角星徽标，两侧为18层的副楼，各装有直径9米的大钟。整个建筑气宇轩昂。建筑前有著名俄罗斯学者的塑像，包括莫大的创始人罗蒙诺索夫的，它伫立于主楼正前方与图书馆相呼应的位置。

到20世纪初，大学培养出诸多杰出的人才，如教育家K.D.乌申斯基、诗人M.U.莱蒙托夫、作家I.S.屠格涅夫和A.I.赫尔岑、文学批评家

自左向右：作者本人、阿琳娜女士、瓦西姆、王俊博士（邓萍 摄）

V.G.别林斯基等。许多科学家，如"俄罗斯航空之父"N.E.茹科夫斯基、实验物理学奠基人A.G.斯托列托夫等，都曾在该校从事教学和科研活动。大学共有23个系，15个教学和学术中心，11个科学研究所，并开设有44个高等职业教育专业、180个研究生专业，有4300名教授和教师、4800名研究员，其中7800人拥有博士学位，有167人为俄罗斯科学院院士。大学具有世界影响力的科学流派、现代化的教学方法，保证了莫斯科大学高质量的教学水平。

2003年11月的初冬时节，我们有幸访问了莫斯科大学，

并被它恢宏的建筑、美丽的校园、悠久的历史、众多的成就和严谨的学风所感染。与我们一同来学习的有莫斯科大学地质系毕业的王俊博士，他与他的导师阿琳娜女士联系，陪同我们参观了莫斯科大学地球科学博物馆。乘上宽敞的电梯，便来到了位于莫斯科大学最顶层的博物馆，在馆内的电梯停靠处有一位满头银发，看上去六七十岁的博物馆研究员在等着我们，他的名字叫瓦西姆，是地球科学博物馆的研究员。他自我介绍说，他从莫斯科大学一毕业就在这里工作，已经有40年了，他感到很骄傲。说着便领着我们进行参观并给我们讲解。馆内的陈列非常丰富，从地质遗迹、古生物化石到动物标本，从古地理、古气象的变迁到近代的地球科学研究成果，无所不包，无所不及。我印象比较深的是学生们在北极地质考察期间带回来的一块带有原始植物叶片的无色透明的石英石。印象中，这块石英石有100多厘米长，40多厘米高，50多厘米宽，通体透明的晶体里布满了像森林一样的树木，非常神奇和美丽。我们在参观的过程中发现有很多的学生三三两两地组成一些研究小组，在一起讨论或者是埋头写着什么。当我们问起在俄罗斯报考地质学的学生是否多时，瓦西姆教授回答说，很多的，地质学是一门非常神奇的科学，尤其是很多女孩子，很

从北极带回的内含原始植物的石英石

184

愿意报考这个专业。果然在我们看到的一些研究小组中，女生占有很大一部分，他们许多人认为地质学是一个非常有探险和浪漫精神的专业。

参观完地球科学博物馆，我们又来到了位于莫斯科大学主楼一楼的礼堂大厅。大厅看上去不像我想象的那样高旷明亮，但是很深很宽广，中间和四周的座位好像都是木质的，主席台也是木质的，几根高大的廊柱给人一种非常沉稳厚重的感觉。

参观完地球科学博物馆、大礼堂以及图书馆和校园以后，我们来到了大学的餐厅，每人到窗口去选取并购买自己的午餐。我记得饭食很简单，就是全麦面包、红菜汤、土豆以及几

博物馆中学习地质学的女学生

片西红柿配成的沙拉，我还要了一杯咖啡。几个人找一个地方坐下用餐，也算是享受了一次莫斯科大学学生的待遇。去莫斯科大学学习参观，已经过去 16 年了，但是印象依旧如此深刻。

写于 2019 年 6 月 20 日

墨西哥国立自治大学

　　墨西哥国立自治大学建在墨西哥城南部山谷的火山熔岩上，由于火山从 6000 年前到公元前 70 年一直在喷发，不停歇的岩浆活动使这里呈现出岩石突兀、荒凉颓废的景象。但由于 2000 多年来的风化作用火山灰又变成了肥沃的土壤，加上一代又一代的墨西哥人艰苦不懈的努力，现在的这个地方植被茂密，花卉繁多。大学校园的设计和建造充分借鉴了本土的人文传统，特别是继承了西班牙殖民之前的印第安文化遗产，以突出的文化价值跻身拉丁美洲标志性建筑行列。

　　参观完墨西哥人类学博物馆后，已经是当地时间下午 5 点多了，天色开始暗淡了下来。等车子驶到了墨西哥自治大学附近，我们便看到了高高矗立的由墨西哥著名建筑师和画家胡安·奥高曼担纲设计的墨大图书馆。由于接近傍晚时分，图书馆灯火通明，图书馆建筑外墙上的巨幅壁画气势磅礴、异彩纷呈，具有强烈的视觉冲击力。墨大的校园，没有特定的大门，就像一座巨大的公园镶嵌在墨西哥城中。四周的广场，都是就地利用的岩浆活动以后冷凝的岩石，走在大块的石质台阶上有一种异样沉稳庄重的感觉。由于时间不多，还要赶往机场，我们便在墨大图书馆前的广场上匆匆地参观浏览。广场上有石质构成的田字形方块的草坪，道路两旁有一种叫作蓝花楹的高大乔木。广场上鲜花盛开，颜色各异，其中大部分是淡紫色；花朵十分密集，每朵花都呈现唇状，数十朵花组成一串花序，装点在枝头，加上那别致的羽状树叶，美得很是特别。草坪上三三两两的朝气蓬勃的大学生们，有的在读书，有的在嬉闹，有的躺在草坪上谈情说爱，仿佛让我们也回到了大学的美好时代。

仰望着美丽而炫目的图书馆，毕业于广州外贸外国语大学已在墨西哥定居的樊家小米向我们介绍说，墨大图书馆由一个水平底层和立于这个底层之上的10层组成，其4个立面均饰以由天然彩石嵌成的大幅马赛克壁画。这些彩色石块都是奥高曼本人亲手采集的。在这个建筑上，奥高曼希望表达的是二元世界的概念，他以古代墨西哥人的神灵和特诺奇蒂特兰的象征物来代表西班牙殖民前的世界，用盾形纹章、现代科技等符号来代表宇宙观。不光是图书馆，其他的建筑，比如校长楼、奥运馆等，墨西哥建筑师们都是利用了对空间功能的合理规划，然后对火山岩浆掩埋的荒凉之地做了全新的解读。立方块和玻璃棱柱体的大面积使用，体现出吸取了墨西哥传统精髓的现代性。与此同时，本土的人文传统被巧

傍晚的图书馆巨幅彩石壁画在灯光下气势磅礴、异彩纷呈

187

妙地融入了校园的装饰设计中。作为墨西哥最高学府，世界级壁画大师迭戈·里维拉、斯奎罗斯和奥罗斯科把艺术创作搬进了墨大，朴拙的印第安艺术风格、炫目的浪漫主义和现实主义相结合的表现手法在这里一一呈现；而大量古典的、中世纪和文艺复兴时期的雕塑作品，与现代建筑交相呼应，也为墨大增添了浓厚的文化气息。

我对这所大学的名称里边有"自治"两个字，产生了好奇和疑问。翻看墨西哥国立自治大学的有关资料了解到：墨西哥国立自治大学是一所规模庞大的公立研究型综合大学，1910 年由胡斯托·谢拉创立，是墨西哥唯一拥有诺贝尔奖获得者的大学，目前拥有约 30 万名学生，25，000 名教师。它的特色不在于它的规模，当然它堪称世界人数最多的大学；也不在于它的古老，尽管它上可追溯到 16 世纪；更不在于它的排名，因为它从未进入过世界前 100 所大学的名单。这所大学的特色，除了被列为世界文化遗产的校园建筑艺术之外，还在于它的自治传统，这一传统使墨大成为墨西哥历史和文化独树一帜的传承者。1551 年 9 月 21 日，依照西班牙国王的敕令，墨西哥皇家教会大学宣告成立。1910 年，墨西哥爆发大革命，为了落实大众教育，墨西哥政府将该大学重建为一所平民化大学，附设大学预科学校，并易名为墨西哥国立自治大学。墨大校徽的图案是墨西哥鹰和安第斯大兀鹰保护着拉美地图。"以我血言我魂"的校训出自 1920 年任校长的何塞·冈萨雷斯，它揭示了拉美知识分子的人文主义使命。自那个充满革命激情的年代起，这一箴言就一直激励着墨大的师生。墨大的历史就是墨西哥历史的一个缩影，作为知识分子的汇聚地，墨大以学生运动的光荣传统而彪炳史册。墨大拥有广泛的自治权，不受政府的干预。墨大学生组织和教工工会组织的势力和影响也很大，可以同学校行政当局相抗衡。因为历史和自治的传统，除非获得学校当局的同意，警察不得进入校园。学校有一支不持枪械的巡逻队，校园尽管面积很大，而且是开放的，但园区的治安很好。

"墨大实际上是一座大学城，据说当年在这里设计建造大学城的目的是把墨大分散在首都各处的多所院校集中起来。建设工程从1949年开始，持续3年，施工面积700万平方米，60多名建筑师、工程师和艺术家参与了新校园的设计和建造。建筑师选择了现代建筑风格，使用立方块和玻璃棱柱体。空间功能和合理规划的设想重新诠释了火山岩浆掩埋的荒凉之地。在建造大学城的同时，开始修建新的道路，拓宽旧的街道，象征墨西哥城革命的起义者大道也开始修建。1970年，这里又增加了两座新城，分别用于自然科学和人类学研究，此外还新建了一个文化中心和几所综合院校。中心校园的建筑和空地面积为176.5公顷，可分为教学区、运动场和奥林匹克体育馆三大部分。教学区的建筑围绕中央广场呈簇状分布，又可分为若干相对独立的部分。行政和服务区，主要包括校长楼、教工俱乐部和商店。校长楼耸立在起义者大道的东边，我们从广场的草坪上看过去，那是一座十几层高的塔形建筑。登上校长楼的楼梯俯瞰教学区，可以看到西边有一个方形水池。楼四周环以宽阔、有层级的平台，让人联想起古印第安城市布局中举行仪式的中心广场。楼底层的侧面用了一种名为缟玛瑙的半透明的墨西哥独有的石材，这种石材呈赭黄色。南、北、东三面外墙用的是钢材和玻璃。西面则选用了釉面砖，镌刻着墨大的校徽和校训。运动场区有游泳馆、各类球场和田径场地。奥林匹克体育馆外形的设计受到了火山口形状的启发，周围环以宽阔的平台以便观众迅速入场、出场。手球场和奥林匹克馆都呈现出抽象的几何维度，前者借鉴了印第安人的球戏场地设计，后者则突出了火山口的形象。建筑所用的石材全部取自校园内，在选用上充分考虑到了耐用性和一致性。火山岩用于建筑结构和表面装饰，增强了建筑物的视觉冲击力。"①如今体育馆和校长楼都是整个墨西哥城的标志性建筑。

因为时间的原因，学校的医学院、文化中心等一些建筑，我们没有去参观，而是又回到了图书馆。图书馆可以随意进入，但需要登记，服务生问我们从哪里来，我们说来自中国，她就对我们笑了笑，指着前面的通道示意我们可以进入图书馆。我们只是在图书馆的一楼大厅简单地参观了一下，没有停留太久，因为大厅的书桌前都坐满了正在看书的学生，不便打扰。

图书馆一楼大厅，学生在专注的学习

①引自《世界遗产名录》。

墨西哥人口众多，这片美丽的校园，这片科学、艺术和体育的绿洲也被墨西哥城的居民分享，因为这里有着浓厚的墨西哥风格。大学城和都市不仅没有冲突，反而通过丰富多彩的交流实现了水乳交融。大学城为民众提供了良好的学习空间和休闲场所。露天平台和楼梯让居民和师生纷纷来这里休憩，有的还利用这里的环境和气氛谈天说地、欣赏音乐、背诵诗歌、演绎戏剧片段等。

写于 2019 年 7 月 6 日

柏林墙

　　今年的 11 月 9 日是柏林墙倒塌 30 周年纪念日。1996 年的 12 月上旬，我到位于德国巴伐利亚州的井下测井仪的地球几何模型工厂去参观访问，路过已经倒塌 7 周年的这里，作了一次短暂的停留。

　　当时柏林墙的西侧，大约留有几百米长的水泥板和混凝土块，其间有几个地方是敞开的口子，高约 3 米，其上有以黑色及蓝色为主调的涂鸦，看上去有一种沉重的感觉。的确，柏林墙倒塌以后，东、西柏林的群众用涂鸦的形式，表达着内心对国家和城市分割的哀伤，这些五彩斑斓的民间涂鸦就跟柏林墙这堵政治色彩浓郁的墙体有了千丝万缕的关联。据说 1990 年即柏林墙倒塌后一年，德国请来世界各地 100 多名艺术家在残存的 1.3 千米柏林墙东侧墙壁创作涂鸦作品，其中就有德米特里·弗鲁贝尔（Dimitri Vrubel）。他创作了闻名世界的《兄弟之吻》涂鸦作，没料到日后它成为柏林墙的"名片照"，还有金特·舍弗尔（Gunther Schaefer）的《祖国》、格哈德·拉尔（Gehard Lahr）的《柏林—纽约》等，形成了今日的东边画廊，同时也是世界最大的露天画廊。每幅涂鸦都是一幅巨大的壁画，它们的主题基本都围绕当时柏林墙倒塌前后的故事和情绪展开。到 2009 年时，风吹日晒的这些涂鸦墙被政府翻新，涂鸦都被清洗掉了，艺术家只能来画了第二次，这里的涂鸦已经成为柏林墙的一部分。

　　在柏林墙遗址的旁边，有一个关于柏林墙的纪念馆，馆内有大量的照片、图像以及音像资料，展示了大量逃亡成功者"喜剧"般的创意。如37个半专业人士用6个月时间挖出的5号隧道，两个家庭费时两年手工制成的热气球，用摩托车马达改制的潜水艇，沿着高压电线甩入西柏林的绳索，化妆成苏联军官，改装汽车发动机留出的藏身之所视死如归的驾汽车撞墙者用混凝土死死封住的车门以及一些逃亡者被射杀的照片等。东德博物馆，其规模并不大，所展示的展品大多反映着冷战时期东德人民的困苦生活，以及最终柏林墙被愤怒的民众所推倒，东西德被统一的历史过程。这里给我印象最深刻的是一个展柜里的和平鸽和围着和平鸽的一堆子弹，以及这个文字内容就是"和平必须靠武装"这样经典的文字内容。纪念馆里还有一些大大小小的从墙上撬下来的、敲下来的碎水泥块，上面也留有一些涂鸦。水泥块的下面用塑料板或者是木片固定在一起，写有日期和柏林墙泥块的纪念品等字样，我也花费5美元买了一块作为纪念。后来这块柏林墙的水泥块纪念品，因为搬家等缘故不知丢在了什么地方。

从博物馆出来，我们到旁边一个咖啡馆里去小坐。咖啡馆内飘着萨克斯的音乐，冒着热气的咖啡和其年久的陈设以及暖气让整个咖啡馆充漫着温暖的感觉，与外边湿冷的天气和阴沉沉的墙体形成了鲜明的对比。咖啡馆的服务员是一位年轻的姑娘，听说我们从中国来，她说要努力地赚钱，赚到钱以后要到中国去旅游。端着热腾腾、香喷喷的咖啡，透过窗外阴沉的天气，我在想，柏林墙是"二战"之后历史发展的产物，是当时最能代表世界政治的一堵墙，同时也是冷战的一个象征。1989年11月9日柏林墙倒塌之后第二年的10月3号，东德、西德便实现了统一，我想实际上在它建起来的时候，在德国人的心中就已经不复存在了。

　　当我要结束这篇随笔的时候，突然发现《日本时报》网站有一篇题目是"柏林墙倒塌 30 年后世界各地重又竖起硬的边界"的文章。的确，柏林墙过去所在的 160 公里长的区域内，如今成了美丽而休闲的绿化带，受到了慢跑者和骑行爱好者的欢迎，不过在其他的地方新的边界正在出现。

写于 2019 年 11 月 10 日

俄克拉何马城爆炸案纪念公园

1995 年 4 月 19 日早上 9 点，一辆负载沉重的小货车来到正要开始繁忙一天的俄克拉何马城阿尔弗雷德·P. 默拉联邦大楼前，这栋大楼当中有美国烟酒枪炮及爆裂物管理局，还有缉毒局、美国陆军和海军的征兵办公室与美国社会保障局等 16 个单位。除了严肃的公家单位，默拉联邦大楼中还有附设托儿所，故而在繁忙的文字处理与会议中，也夹杂着孩童嬉闹的声音。货车稳稳停在正对着联邦大楼附设托儿所的街上，里面满载着 2000 多公斤的硝酸铵、硝基甲烷和燃油混合物。一无所知的人们、天真无邪的幼童，丝毫不知道自己的生命已受到了威胁。9:02 分，轰轰！连续的、震天响的爆炸声惊动了整个俄克拉何马市的西北区，顿时硝烟密布，大量的楼房倒塌，即使是距离爆炸中心很远的区域也感受到地动天摇，而位于爆炸中央的阿尔弗雷德·P. 默拉联邦大楼更是首当其冲。这栋 9 层楼的建筑有三分之一被毁，整个街区有许多民众被困在断垣残壁中。哭泣声、求救声夹杂在火焰燃烧与建筑崩毁的声音中，现场宛如人间炼狱。巨大的爆炸声震惊了世界，爆炸造成了 168 人死亡、超过 680 人受伤，罹难者包括儿童，还有婴儿与孕妇。48 个街区内 300 多幢楼房倒塌损坏，财物损失高达 652,000,000 美元，成为美国本土到当时最严重的恐怖攻击事件。事件发生的 5 年后，爆炸的原址建起了一座国家纪念公园，以此来纪念那些失去生命的人们。2019 年 11 月 25 日，我在参加完美国俄克拉何马大学地震属性（AASPI）业界联合学术会并完成出访任务后，去考察了世界上第一条反射地震剖面诞生地的实验现场。在回程途中，路过这场爆炸案国家纪念公园的所在地，就特意参观了位于市中心的这座大爆炸纪念公园及博物馆。

断垣残壁上记录着爆炸案的经过

俄克拉何马在美国的中西部，是美国的一个联邦州。俄克拉何马城是州的首府，也是该州最大的城市。城里街道宽敞，市中心高楼并不多，车辆稀少。车开入市内在一个停车场内停下，从停车场内出来便看到了路边挂满花环和小纪念物品的一面墙，沿着这堵五颜六色的墙，走到头就是纪念公园的入口。这座在俄克拉何马城大爆炸5周年纪念日落成的纪念公园是一组非常独特的建筑。据说，它的设计是从来自世界各地的624个优秀方案中选出的，选举委员会由死难者家属、筹委会人员、社会名流和专业设计师组成，可见设计之出色、完美和不同凡响。纪念公园分三个部分，爆炸地的联邦大楼原址被建成一片绿色的墓地，在每个遇难者的死亡准确地点建成各自的墓碑，设计者大胆地把传统墓碑设计成椅子形状，由深色大理石雕刻而成，并铭刻着遇难者姓名。基座为厚厚的白色磨砂玻璃，内有灯光系统。椅子墓碑分大小两种，以区分成人和儿童。从墓碑的排列，仿佛可以看到当时爆炸的死亡情况。中间某地，墓碑较密，有些地方较空，而边上有成排的碑，估计是大厦外墙倒塌导致不少人遇难。小的椅子碑很集中，可以推测托儿所的位置。看到这些小石椅子，不得不感叹设计者的慈悲和细心，这种人性化的设计，新颖的造型，留给人丰富的遐想空间和无限的哀思。纪念公园的主体建筑建在原大楼前的马路上，前后两边各建有一堵高墙，墙体外是紫铜色金属板，高约 10 米，下端有一长方形门洞，前面门洞上方刻有 9:01，后面门洞刻着 9:03，这一长方形门洞被称为生命之门。两扇门之间建有一条 30 米长、5 米宽的浅浅水池，象征生命如长河，以此纪念逝去的生灵。水池下面是金属板，看上去像一面镜子，同时把两扇金属墙门连为一体。天上的白云和两旁的建筑映照在这如巨大镜子的水面上，庄重而恬淡，反映出人类追求天人合一的平静和向往和平的理念和期望。

在紧邻爆炸现场建于 1927 年的建筑日志杂志，躲过了爆炸的劫难，被改造成了纪念博物院。这里主要是讲述 1995 年 4 月 19 日早上发生爆炸后整个事件的经过和给人带来的恐怖、死亡、悲伤、同情和希望等各种影响。这里留存有爆炸原始废墟的一角，扭曲的梁柱、倒塌的水泥板、墙上的陈旧血迹等。大屏幕上，详细记录了爆炸几分钟后赶到现场的新闻记者，在直升机拍摄的现场忙乱的情景；大量消防车、警车、救护车赶往现场，行人、附近的居民也义务地赶来救援；满头是血的幸存者讲述事情经过，还有寻找亲人的人群。这些既原始又真实的图像影音，给人带来极大的震撼。展厅中也展示了当时救援和善后的情况，俄克拉何马体育馆成为救治中心，全国捐助的物资和慰问品、慰问信雪片一样飞向这里。特别值得一提的是为 168 个殉难者举行的集体葬礼影像中到处是哭泣、茫然、悲痛欲绝的画面，让人久久不能平静。纪念馆里专门设有失去生命的 168 人的纪念堂，墙壁上镶嵌了 168 个玻璃匣，每个玻璃匣里都放置着遇难者家人提供的一幅彩色照片和一件纪念品。每个纪念品都很有个性，都饱含了死者家属的特殊感情，让人看得心酸。这些纪念品有死者的勋章、奖状，也有特制的金雕玉刻工艺品；有丈夫给遇难妻子的宝石戒指，有妻子给丈夫的书籍，有孩子给母亲的化妆品，也有父母给孩子的洋娃娃；有模型汽车、仿真摩托车，也有各种生活用品，如眼镜、钢笔、皮包等，流露的是作为遇难者家人、朋友哀痛的真情实感。另一个展厅详细展示了案件侦破和法庭审讯案犯的情况。犯人名字为蒂莫西·麦克维，据说，美国联邦调查局调查面谈了 28,000 次，积累了 3.2 吨的证据，罪犯于 1997 年被定罪，于 2001 年被执行死刑，这是美国联邦政府自 1963 年以来第一次处决一个犯人。

因为时间的关系，在这里停留的时间比较短。走出纪念博物馆，看见一大片绿草坪上孤零零地矗立着一棵高大的美国榆树，边上用岩石砌成了圆形护墙。这棵树在建设纪念公园时被特意保留下来，它见证了那次大爆炸，被烟火熏黑了树干，被碎石击断了不少树枝。今天它已经再次枝繁叶茂、郁郁葱葱，为骄阳下的游人提供了温馨的阴凉。

在回城的路上，我沉默不语，想到了同样发生在美国的"9·11"事件。"9·11"事件发生的时候，我正好在中国石化管理干部学院学习，那天晚上我正在睡梦中，被同时在这里一起学习的同事急促地叫醒，让我打开电视看直播节目。打开电视，就看到好像是战争的景象，朦胧中我还以为是在拍电影。当时的画面仍记忆犹新，让我对此记忆深刻的另一个原因是第 71 届 SEG 年会在美国圣安东尼举行，原本我是这个代表团的团组长，但因为向集团公司人事部请假，就由集团公司另一部门的领导带队参加，11 号这一天正好是代表团入境美国的时间。后来听说从航班的入境到落地的机场等都受到了很大的影响，会议也没有参加上，为此还遭受了很大的波折。我们在这里上课，第二天有一门英语课，是毕业于约翰斯·霍普金斯大学的缅因老师上课（老师来自美国缅因州，名字记不起来了，就把缅因州的名字当成老师的了）。早晨上课的时候，老师刚进入教室，就看到她脸上挂着泪痕，我们向她表达了同情，她就哭得更厉害了，一边哭一边在黑板上画纽约世贸中心的两座建筑，周围几栋建筑的具体位置及方向，这些建筑物之间相隔的距离，客机是从哪个方向过来，如何穿过的，什么时候倒塌的，等等。她一边讲一边流泪，好长时间心情也没有平复下来。过了段时间，因为工作需要，我被调到中国石化西部新区勘探指挥部工作，后来听说那位老师回国了。第二年圣诞节，我还给她发过一封邮件，她回信说她现在在纽约的市政府工作，现在正好是圣诞节期间放假，在缅因州老家和父母一同过节休假。再后来我从油田事业部到石化油服去工作，因为工作原因经常去国外，有幸参加了为期一个星期的反恐训练。训练非常严格，也很正规，教练都是现役武警战士或者是退役的特警。科目主要包括逃生、人员被劫持的处置，还有在特殊突发事件发生时如何应对等，应该说受益良多。

曾任俄克拉何马城国家纪念公园的主管，在接受美国电子期刊采访的时候说："国家公园在各个方面都是美国整体历史的象征。我们管理着那些保存着美国历史和文化经历的地方，无论是美国独立的斗争史、国家疆域的拓展还是经济建设及和平时期的痛苦经历。我们管理的地方都是国家成长各方面的突出代表，既有我们的成就，也有我们的家丑。美国全国和世界各地的游客来到这些代表美国精神的地方，当然会听到英勇奋斗和不畏牺牲的故事，但也会看到同样属于我们的比较悲痛的一面。我曾在俄克拉哈马城国家纪念公园工作过，我体会到有些特殊的地方能把所有美国人凝聚在一起。"由此可见，这座纪念公园在人们心目中的地位和意义。

写于 2019 年 12 月 11 日
修改于 2020 年春节

厄瓜多尔赤道纪念碑

　　厄瓜多尔地处南美洲大陆西北部，首都基多是一座位于赤道附近的城市。厄瓜多尔境内石油资源十分丰富，主要集中在东部亚马孙盆地，另外在瓜亚斯省西部半岛地区和瓜亚基尔湾也有少量油田分布，其地质条件较好，油层储量丰富，是该地区主要石油生产国。对于外国石油公司来说，投资厄瓜多尔油气仍面临着诸多风险的考验。一是厄瓜多尔政府非常重视环境保护，油气领域环保要求较高。二是厄瓜多尔存在油气开发作业区与土著居民生活区重合的情况，油气开发很容易影响土著居民的生活，甚至改变他们特有的传统。三是厄瓜多尔重视对油气等战略性行业的控制，国家利益至上。在厄瓜多尔极具挑战的风险环境中，中国石油公司近年来表现出良好的适应能力，在西方石油公司、康菲等美国石油公司纷纷退出厄瓜多尔的情况下，中国石油公司成为鲜少留在厄瓜多尔发展的外国石油公司。2013 年 4 月 10—11 日由我代表的中国石化刚刚组建的石化油服代表团一行三人为了在南美开展油气技术服务业务，借助安第斯石油公司的桥梁作用，拜访了厄瓜多尔国家石油公司勘探部，并与勘探部总经理及主要技术人员进行了技术交流，双方就下一步的合作进行了很好的磋商。随后代表团分别拜会了安第斯石油公司副总裁、国勘厄瓜多尔公司总经理，还与中国石化国际石油工程公司厄瓜多尔子公司副总经理和各部门负责人一起座谈。

　　来到赤道之国厄瓜多尔，自然就要去参观闻名于世的厄瓜多尔赤道纪念碑。该景点位于首都基多北部，距高主城区大约20千米，车行约半个小时就能到达。赤道纪念碑的三面都被崇山峻岭环抱，海拔2483米。进到这里就好像是进入了一个公园，鲜花盛开，绿草如茵。环顾四周，浮云洁白如雪，天空碧蓝澄澈，远处安第斯山脉的风光尽收眼底，加上海拔较高又没有污染，所以视野非常开阔清晰，能尽情欣赏高原的风采。如果没有山脚下的那些房屋，你会以为回到了远古时代。纪念碑落成于1744年，通体用赤色花岗岩建成，造型呈方柱形，四周刻有E、S、W、N四个表示东、南、西、北的英文字母，碑面上还镌刻着西班牙碑文以纪念对测量赤道、修建碑身做过贡献的法国和厄瓜多尔的科学家。1736年5月29日，法国和西班牙的地理测量观察组来到这里，经过历时3年的测量，证明了当地人确定的方位是正确的，于是在1740年又修造了一个简易的赤道纪念碑。厄瓜多尔1744年在基多以北24千米的地方——加拉加利镇再建了一座举世闻名的赤道纪念碑，纬度0°0′。这座赤红色的花岗岩建筑，高约10米，碑顶上是一个石刻的地球仪，地球仪的腰部有一条白色赤道线，赤道把地球仪分成南北两个部分，碑上刻有"这里是地球的中心"

纪念碑甬道两侧的石雕群像

的西班牙碑文。

传说七八百年前，在拉丁美洲厄瓜多尔有个"基多王国"，这里的人们把太阳当作"最高的神"崇拜，他们根据太阳照射的投影分析、记录太阳的活动，为此还专门修建了一个圆形无顶的太阳观测站。经过年复一年的观察，基多人认定在基多城以北的地方是太阳一年两次经过的"太阳之路"，他们就在那里立下了标志，叫厄瓜多尔，厄瓜多尔也是世界上唯一一个将首都建在赤道上的国家，因此有"赤道首都"之称。

随着科学技术的发展，人类对地球的认识不断深化，联合国教科文组织和世界测量协会对赤道线做了多次复测，发现原碑地址稍有误差，精确的赤道线位置应在原碑以南2000米处，于是在离旧碑不远的埃基诺西亚尔谷就再造了这座更加宏伟壮观的赤道纪念碑。据说，新碑和旧碑的造型基本一样，只是尺寸放大了三倍。新碑高约30米，坐落在一个直径100米的大圆盘上，碑顶置放着一个直径4.5米、重4.5吨的铝制地球仪，碑的东西两侧刻着：西经格林尼治78°27′8″，纬度0°0′。地球仪安放的方向是南极朝南，北极朝北，地球仪的中腰，从东到西也刻有一条十分清晰的白线，代表赤道线，它一直延伸到碑底部的石阶上，从这里可把地球划分成南北两个完全相等的半球。厄瓜多尔人称这个纪念碑为"世界之半"。每年3月31日和9月23日，太阳从赤道线上经过，直射赤道，全球昼夜相等。这时，厄瓜多尔人总要在此举行盛大的迎接太阳神的活动，感谢太阳给人类带来温暖和光明。

我们在这里参观的时候，遇到了一队学校的学生在老师的带领下来这里进行课外活动，与带队的老师聊天，得知他们是三年级的学生，在开展一个科学日活动。

参加科学日活动的当地师生（周彤 摄）

在赤道线所在地你可以亲身体验各种有趣的实验。第一个实验就是将鸡蛋立在一个螺丝钉的钉帽上面，只要稍微有点耐心，这个情景就可以实现。第二个实验是在一个小水池中倒入一桶水，并且在里面放几片树叶，当把水池底端的塞子打开后，水池里的水会往下漏，而水池中的树叶是垂直往下流的，没有发生任何旋转。但是当你把水池换到北半球时，再重复刚才的实验，你会惊讶地发现水池中的树叶是逆时针方向旋转的，而在南半球时树叶是沿着顺时针方向旋转的。第三个实验是闭上眼睛在赤道上试着前脚跟接着后脚尖直线行走，由于南北两极磁场的力量相互拉扯，在赤道线上直立行走就比较难。还有一件很有意思的事情，就是一个人的体重在赤道上是最轻的，一般来说是在极地最重，然后向赤道方向逐渐递减。也就是说，在南极或北极，人的体重最大，到赤道地区体重就变得最轻。这是因为我们感受到的体重并不是完全等于重量（mg），而是要减去地球自转产生的离心力。再加上地球并不是一个完全的球体，而是赤道地区略凸、两极略扁的椭圆球体，赤道是地球上重力加速度最小的地方，所以导致赤道地区的人的体重就比高纬度地区尤其是两极地区的人的体重要轻些。为此，赤道纪念碑博物馆里还特别设有一个专门的测量体重的装置，来者都可以检测一下，做一个有趣的实验，不过差距不会很大，况且体重还与个人的代谢等有关联。

在地球仪或地图上，我们可以清楚地看到在地球的中腰有一条红线、蓝线或白线，这就是周长 40075.02 千米的赤道。赤道是地球表面的点随地球自转产生的轨迹中周长最长的圆周线，是地球上最大的圆圈。以赤道为界，赤道以北为北半球，赤道以南为南半球，赤道以北的纬线叫北纬，赤道以南的纬线叫南纬，南、北纬各为 90 度，由此可见，这是极为重要的一条线。其实地球上并没有这条线，这是人们假想的一条线。人们称赤道线经过的国家为"赤道之国"。在世界上，除了厄瓜多尔之外，还有拉丁美洲的巴西、哥伦比亚，亚洲的印度尼西亚、马尔代夫，非洲的加蓬、刚果、乌干达、索马里和肯尼亚，大洋洲的瑙鲁，等等。这些国家都设有鲜明的赤道标志，但最有名的还是厄瓜多尔的赤道纪念碑。

写于 2020 年 2 月 29 日

奥兰加巴德比比卡马克巴拉泰姬陵

印度佛教壁画里的光辉

亚洲绘画是与西洋画不同的美术体系，其诞生发展于东方文明古国，包括伊朗、印度、中国、朝鲜和日本等，各国在文化的孕育和交流当中形成了众多的流派与风格。印度的佛教画、中国的山水画、日本的浮士绘等都是其中著名的代表，它们独立发展又互相影响，体现着东方式的独特审美与对生活的信仰，以及人类在漫长的历史长河中对美的认识和表达方式的变化。印度阿旃陀石窟中的壁画是最为瞩目的艺术之一，被认为是印度古代壁画的重要代表。印度古代绘画在阿旃陀石窟保存数量最多，水准也最高，因而这里被称为印度古代绘画的宝库。画中所描绘的众多妇女形象，体态丰满，姿态优雅，高贵典雅，反映了印度古典艺术的美学思想。

2014 年 8 月，我访问了印度石油天然气总公司（ONGC）和其子公司——国际公司。在与 ONGC 董事局主席兼总经理会谈之后，我们与国际公司 OVL（ONGC Videsh Ltd）勘探部总裁及 OVL 的技术人员，进行了座谈与交流，OVL 公司勘探部总裁详细介绍了他们在国际范围内勘探区块的勘探开发情况，并邀请我们参加属于他们的孟加拉国公司在孟加拉湾浅海一个勘探区块的投标活动。（我们后来中了标，由地球物理公司胜利分公司实施，施工作业运行得非常顺利，安全质量健康与环保水平都符合国际标准，后来又在第二个项目时直接授标给我们。）地球物理公司尼日利亚项目部从 2011 年起就与 OVL 所属的印度萨德林公司在尼日利亚的 OPL280 区块进行了合作。本次印度之行我们也与萨德林高级管理人员进行了交流，萨德林公司对我们近年完成的 OPL280 区块采集项目给予了高度评价，称该项目为萨德林顺利实现原油产能目标做出了巨大贡献。会谈与交流业务结束以后，我们又马不停蹄地飞到了孟买，与 ONGC 南方公司总经理 N.K. 夫特玛博士进行了会谈，就下一步孟买和金奈的勘探前景和下一步地震部署进行了深入的交流，双方充分表达了进一步加强合作的意愿。会谈结束以后，N.K. 夫特玛博士问我们到新德里后是否去过泰姬陵。在得知我们没有参观以后，他笑着对我们说："你们来到了孟买，一定要去一下阿旃陀，因为它与泰姬陵并称为'印度的双璧'，不可不去。"并开玩笑说，"假如你们不去，项目就不会中标的。"他实际上是想让我们了解一下悠久灿烂的古印度文化与文明。如此一来，我们去那儿做了短暂的参观。

"阿旃陀佛教石窟是古印度佛教艺术遗址，位于马哈拉施特拉邦境内，背倚温迪亚山，面临戈达瓦里河，西距奥兰加巴德 100 余公里。始建于公元前 2 世纪，公元 5—6 世纪的笈多时期又大规模扩建、修饰，增加了很多更加绚丽多彩的石窟。阿旃陀石窟的绘画和雕塑，作为佛教艺术的经典之作，具有相当重要的艺术影响力。石窟环布在新月形的山腰陡崖上，高低错落，绵延 550 多米，以壮丽的建筑、精美的雕刻和壁画，与泰姬陵并称为印度的双璧。阿旃陀石窟是印度古代佛教徒用作佛殿、僧房而开凿的，距今已有 2000 多年的历史。'阿旃陀'一词源于梵语'阿谨提那'，意为'无想'。全部石窟 29 座，从建筑形式上基本分为支提与毗诃罗两类。第 9、10、19 和 26 窟为支提，其余 25 座皆为毗诃罗。支提窟当中置窣堵婆，天然岩凿，内殿四周建造列柱。毗诃罗内部陈设简单，有石床、石枕和佛龛。石窟内有精美的壁画和精工细凿的雕刻，描绘了释迦牟尼佛的生平故事和当时印度社会和宫廷生活等情景，包括山林、田舍、战争、乐舞以及劳动人民狩猎、畜牧、生产等场面，内容十分丰富。第1号石窟建于7世纪，壁画保存得比较好，是大乘派佛教建筑的典范。画面多用鲜明的对比色，画幅构图与人物描绘注重动态和表情，是阿旃陀壁画中水平最高的。中间有一大厅，四周壁画上有五百罗汉像，其貌各异，表情丰富，刻画细腻精巧，形态优美。窟内有一尊释迦牟尼雕像，高3米，从3种角度观看有3种不同的神态：从正面观看，佛似沉思；左面看似在微笑；右面看又似在庄严凝视。最著名的是持青莲菩萨像，画面中的菩萨右手持莲花，宝冠上插满首饰，妙相庄严，肌肉匀称。身体的颈、腰、臀三处各有一个折弯，左右两侧有妇人和武士侍奉。"[1]青莲菩萨像描述的正是佛教所追求的理想境界——宁静与平和。青莲菩萨像如今被视为这一时期艺术风格的典范，整体的画作体现了一种前无古人的写实主义尝试，这在那个时代的印度绘画当中很不寻常。艺术家们已经理解了光和影的运用对强调主要人物有着重要的作用。绿、黑、红等天然颜料被涂在附加灰泥层的表面，人物黑色轻薄的轮廓和对脸部细致的处理，呈现出一种深沉且充满感情的总体效果。

笈多王朝的绘画对中亚和我国新疆的石窟壁画也有影响。拱门和6根大柱上雕着的飞天和仙女让我印象非常深刻，因为我在新疆阿克苏工作过一段时间，对位于拜城的克孜尔石窟和敦煌莫高窟中飞天的形象印象很深。克孜尔石窟开凿于

---

[1]引自《世界遗产名录》。

印度古代绘画的宝库阿旃陀石窟1号窟手持莲花的菩萨像

—— 来自《人的一生要看的1001幅画》

公元 3 世纪，而敦煌莫高窟要比克孜尔石窟晚了 100 多年。克孜尔石窟是中国地理位置最西、开凿年代最早的大型石窟群，石窟壁画大致分为佛教故事画、佛经叙事画、佛教人物画，以及西域的山水、飞天像等。在传承佛教文化、模仿印度支提窟的同时，克孜尔石窟根据本地岩石酥松易于坍塌的特性，创造出别具一格的"龟兹式"中心柱窟，这是佛教理念和自然条件巧妙

新德里机场大厅拈花佛手指雕塑

210

结合的产物，也是佛教艺术史上的一大贡献。飞天在莫高窟的壁画上很典型 —— 敦煌市的城雕也是一个反弹琵琶的飞天仙女的形象。壁画之上，飞天在无边无际的茫茫宇宙中飘舞，有的手捧莲蕾，直冲云霄；有的从空中俯冲下来，势若流星；有的穿过重楼高阁，宛如游龙；有的则随风悠悠飘舞。艺术家用特有的蜿蜒曲折的长线、舒展和谐的意趣，为人们打造了一个优美而空灵的想象世界。

"阿旃陀以其壁画艺术著称于世。由于洞窟开凿年代分属三个不同时期，所存16窟壁画亦呈现出早、中、晚三种不同风格。早期壁画构图多为横幅长条形，人物造型、表现技法较之同时代的其他遗迹中的佛教艺术作品，有明显的进步。如9窟残存有佛传和佛本生故事，线条柔和纯朴；10窟有索姆、六牙白象本生和礼拜菩提树等画面，运笔大胆，风格豪放。中期壁画正值笈多王朝文化艺术的鼎盛时期，画面构图壮阔繁密，布局紧凑和谐，作风沉着老练，色彩典丽，富有抒情趣味，注重人物的神情刻画和意境的表达，人物描绘手法精细，注重姿态的变化。其中对妇女的描绘，均风姿绰约，艳丽动人，其代表作有17窟的狮子国登陆图和佛说法图及太子与嫔妃劝酒图、16窟的佛传故事等。另外，各窟的装饰壁画，如卷云、蔓草、莲花及小动物等，均设计巧妙，想象丰富，色彩鲜艳。阿旃陀石窟到了晚期，壁画创作水平在艺术上更臻完善。此时壁画构图宏大庄重，整体感强，线条稳健，色彩典丽，讲求透视，画面景物立体感有所加强，人物服饰更加华美，为阿旃陀石窟壁画艺术的最佳者。印度第一任总理尼赫鲁称赞其'简直可以把人带回到过去的梦幻世界之中'。阿旃陀石窟集印度古代建筑、雕刻和绘画之大成，融三者于一体。它虽然取材于佛的生平事迹，但却如实地反映了当时印度古代宫廷生活和社会风貌。壁画和雕刻的优秀艺术，不仅对后来印度的美术产生了巨大影响，而且对东方佛教也产生了深远影响。"[1]

　　要进入阿旃陀石窟区要沿河谷在岸边的石头小道上走一段时间，石径的两旁长满了一些热带的植物。很多当地的民众在这里兜售一些书籍和食物。到达石窟入口，首先见到的是第 1 窟，然后依次按编号进入其他洞窟。进入每个洞窟都要脱鞋，出来又要穿上，反复如此。石窟所在的河岸崖壁高 76 米，洞窟区沿河湾外侧崖壁延伸，共有 30 个洞窟，洞窟大体上横向排列为一排。一个洞窟一个洞窟地看过去，无论是佛堂还是僧房窟都有许多精美的装饰，在中厅的顶部和回廊的外侧壁都画满了壁画，正门里外和回廊列柱面都有细致繁复的浮雕。据说有的石匠家族，都是祖祖辈辈的几代人为雕刻一间石窟而劳作。那高低错落的壮美建筑、精美雕刻和艺术壁画，都是他们坚忍不拔的顽强毅力的结晶。随着岁月的流逝，壁画色彩已有些斑驳，但魅力永恒。1983 年阿旃陀石窟被列入《世界遗产名录》。石窟内比较阴暗，不允许有闪光灯照相，那些精美的壁画只能借用一只小手电筒的光线欣赏，不能不说有些遗憾，故在离开这里时，买了由 A. 戈什编著的、印度考古调查总局出版的英文版的《阿旃陀壁画》一书。对于阿旃陀这一座佛教艺术的博物馆，希望能透过文字去细细体会与欣赏印度文明古国曾经的辉煌。

写于 2014 年 10 月 2 日

修改于 2019 年 7 月 9 日

_____

① 引自《西部论丛》2019 年第 20 期。

与印度国家石油公司 OVL 公司经理先生交谈

（张金良 摄）

与俄罗斯地质与能矿研究所专家一起讨论

（宋桂桥 摄）

　　与迪拜最高能源委员会副主席兼水电总局首席执行官会谈（陈叶 摄）

　　与阿尔及利亚国家石油公司 SONATRACH 勘探局局长会谈（许建峰 摄）

附 录　参考征引书目

[1][美]鲁思·本尼迪克特著.吕万和,熊达云,王智新译.菊与刀[M].北京:商务印书馆,1990.

[2][英]狄更斯著.吴辉译.董贝父子[M].南京:译林出版社,1992.

[3][日]紫式部著.殷志俊译.源氏物语[M].呼和浩特:远方出版社,1996.

[4][法]多泽等著.徐珏译.莫斯科白天&夜晚[M].北京:中国旅游出版社,2005.

[5][英]狄更斯著.罗志野译.远大前程[M].南京:译林出版社,1996.

[6]昭文社编辑部编著.许怀文译.札幌·小尊[M].南京:江苏凤凰文艺出版社,2016.

[7][英]伯特兰·罗素著.耿丽编译.西方哲学史[M].重庆:重庆出版社,2016.

[8][英]H.G.韦尔斯著.焦向阳译.你应该知道的世界史[M].北京:九州出版社,2005.

[9][美]亨利·詹姆斯著.蒲隆译.英国风情[M].北京:生活·读书·新知三联书店,2005.

[10][美]斯塔夫里·阿诺斯著.吴象婴等译.全球通史:从史前史到21世纪[M].北京:北京大学出版社,2006.

[11] 徐春莲，何海林著．英国期刊产业前沿报告 [M]．广州：南方日报出版社，2007.

[12] [英] 诺曼·戴维斯著．郭方，刘北成译．欧洲史 [M]．北京：世界知识出版社，2007.

[13] [美] 尼古拉·梁赞诺夫斯基，马克·斯坦伯格著．杨烨，卿文辉译．俄罗斯史 [M]．上海：上海人民出版社，2007.

[14] 李绍哲编著．你可能不知道的俄罗斯 [M]．北京：中国发展出版社，2008.

[15] 朱锦平编著．你可能不知道的英国 [M]．北京：中国发展出版社，2008.

[16] 谢川予，吴治玮编著．你可能不知道的日本 [M]．北京：中国发展出版社，2008.

[17] [瑞典] 林西莉著．李之义译．汉字王国 [M]．北京：生活·读书·新知三联书店，2008.

[18] [瑞典] 林西莉著．许岚，熊彪译．古琴 [M]．北京：生活·读书·新知三联书店，2009.

[19] [美] 杰里·本特利，赫伯特·齐格勒，希瑟·斯特里兹著．魏凤莲译．简明新全球史 [M]．北京：北京大学出版社，2009.

[20] 常雷．西方100名画之旅 [M]．济南：山东画报出版社，2010.

[21] [英] 狄更斯著．何文安译．雾都孤儿 [M]．南京：译林出版社，2010.

[22] 方立天．佛教哲学 [M]．北京：中国人民大学出版社，2012.

[23] [美] 丹尼斯·舍曼，A. 汤姆·格伦费尔德等著．李义天、黄慧等译．世界文明史 [M]．北京：中国人民大学出版社，2012.

[24] 冯友兰．中国哲学简史 [M]．北京：北京大学出版社，2013.

[25] [美] 休斯敦·史密斯著．刘安云译．人的宗教 [M]．海口：海南出版社，2013.

[26] [英] 艾伦·麦克法兰主讲．刘北成评议．刘东主持．现代世界的诞生 [M]．上海：上海人民出版社，2013.

[27] [美] 汤姆·卡特摄．洪梅著．走得越远，离自己越近 [M]．北京：新星出版社，2014.

[28] 蒋勋．写给大家的中国美术史 [M]．北京：生活·读书·新知三联书店，2015.

[29] 李曼．孟买印象 [M]．北京：世界知识出版社，2016.

[30] [英] 彼得·希瑟著．向俊译．罗马帝国的陨落 [M]．北京：中信出版社，2016.

[31] [俄] 聂丽·米兹，德米特里·安洽著．胡昊，刘俊燕，董国平译．中国人在海参崴：符拉迪沃斯托克的历史篇章（1870—1938 年）[M]．北京：社会科学文献出版社，2016.

[32] 赵朴初．佛教常识答问 [M]．上海：上海辞书出版社，2017.

[33] [美] A. T. 奥姆斯特德著．李铁匠，顾国梅译．波斯帝国史 [M]．上海：上海三联书店，2017.

[34]［法］埃里克·芒雄－里高著．彭禄娴译．贵族：历史与传承 [M]．北京：生活·读书·新知三联书店，2018．

[35]［英］史蒂芬·法辛主编．顾海东译．有生之年一定要看的 1001 幅画 [M]．北京：中国画报出版社，2019．

[36]［英］狄更斯著．宋兆霖译．双城记 [M]．南京：译林出版社，2020．

[37]［印度]Kalpana Desai & Joseph St.Anne 著 .The Nuseum Mumbai Guidebook，2010．

后 记

　　书稿甫成，正值三月万物复苏，风里裹挟着湿润泥土之味的时节。细雨霏霏之中，望着窗外，西山如黛，一个人，一壶茶，一个安静舒适的下午，独自品味并热爱着生活中的一切美好。本书的书名原拟为《下午茶的悠香与绵长》，听上去是一个充满诗情画意而又轻松愉悦的画面，然而大脑放空的时刻，往往就是天马行空的良辰。大到浩瀚的宇宙，小到一枚清香的茶叶，世间万物，芸芸众生，都是如此的神奇而美好。想到南宋嗜茶老人陆放翁"归来何事添幽致，小灶灯前自煮茶"的那种景致，往往让人浮想联翩。据说陆游终生喜茶且日日亲自煮茶而品，也许煮茶中凝聚着岁月的幽香与绵长，也许蕴藏着岁月的蹉跎与沧桑。是的，茶、人、自然、社会、宇宙，构成了一个繁华灿烂、矛盾多织、无穷隐秘的世界，让人感到神秘、无奈与期待。我们经常看到超市商店或者机场，有许多写有半手礼的商品，半手礼据说起源于 15 世纪的宗教朝圣之旅，礼物既是完成神圣旅程的一个纪念，也是分享祝福的一种方式。伴手礼既可以让朋友们分享你的旅行体验，也可以让他欣赏世界某一个角落的高雅与韵味。写在世界不同的角落里的随笔，也算是一份伴手礼吧。

　　"至道之精，窈窈冥冥；至道之极，昏昏默默。无视无听，抱神以静，形将自正。"品味着《庄子·外篇·在宥》上的这一段话，望着窗外午后的烟雨蒙蒙，方寸之间，红尘之外的一缕香茗，让自然的、生命里的东西变得更厚重了。当一个人可以面对、悦纳与安享当下的境遇时，也许才是生命当中意义至臻之所在。平静地过着简单的生活，就是本来的一种幸福，也许是起初为这本书取名的用意吧。

赵殿栋

2021 年 3 月于京城听雪斋